KB151073

존 던의
戀·哀·聖歌
연 애 성 가

John Donne

존 던 · 김선향 편역

서정시학

오 축복받은 영광의 삼위일체여,

철학에는 뼈대가 되나, 신앙에는 젖이 되며,

지혜로운 뱀들처럼, 여러 가지로

가장 미끄러우면서도, 또한 가장 얽혀 있기에,

마치 당신께서 구별되시는 일체가,

권능, 사랑, 지혜에 의한 것이듯,

제게 그런 스스로 다른 천성을 주소서,

제게 이 모든 요소를 갖추게 하소서,

권능, 사랑, 지식의 순위 없는 당신 셋을.

— 「연도連禱」, IV 삼위일체 전문

존 던의 戀·哀·聖歌
연 애 성가

Selected Poems of John Donne

존 던 John Donne 지음

김선향 편역

인간은 섬이 아닙니다. 어떤 다른 이의
죽음도 나를 작아지게 합니다. 왜냐면
나는 인류에 포함되어 있으니까요……
그러니 누구를 위하여 종은 울리나를
묻지 마세요, 종은 그대를 위해 웁니다.

- 존 던의 설교문에서

서문

17세기 영국 시의 거장 존 던(John Donne, 1572-1631)은 20세기에 그리어슨(Sir Herbert Grierson)과 엘리엇(T. S. Eliot)에 의해서 재발견된 시인이다. 던이 20세기에 매력을 준 데는 세기 초 모더니즘과의 유사성에서 비롯되었다.

당시 영국인에게는 빅토리아조로부터 물려받은 도덕적으로 억압된 태도에 반해서, 던의 성에 관한 솔직성과 그의 지성, 그의 대화체적 시작법과 경험에 대한 심층적 대입법이 신선한 충격을 주었을 것이다. 제1차 세계대전이 일어나기 몇 년 전 영국에서 우세한 문학운동으로 대두된 모더니즘은 던을 잃어 버린 감성의 회복과 지적 혁명의 선구자로 간주하게 되었다.

한편 1693년 존 드라이든(John Dryden)은 던의 연애시를 평가하면서 "형이상학을 너무 많이 쓴다… 여성의 마음을 사랑의 감미로움으로 즐겁게 해주어야 할 때 지나친 철학적 사색으로 여성의 마음을 난감하게 한다"고 했다. 사무엘 존슨(Samuel Johnson)은 1779년 『시인전』에서 형이상학적 이미지와 기지를 설명하면서 유사하지 않은 이미지의 결합, 혹은 외견상 동일하지 않은 것에 숨어 있는 유사점의 발견을 지적하면서 "가장 이질적인 개념들이 폭력에 의해 결합되어 있다"고 했다. 이는 바로 던의 시의 특징이자 그의 '현대성'(modernity)을 말해주고 있다.

던은 철학적으로 대전제적인 사고를 시로 읊은 것이 아니라, 인간의 심리상태를 표현하는 데 많은 사상들을 배경으로 사용했다. 그는 조화 속에 내재해 있는 상반적 요소들에 흥미를 가지고 육체와 영혼을 그리는데 연애시를 썼다. 사상과 감성 사이에 있는 분명한 균열을 던은 자신의 방법으로 시 속에서 연결 지었고 항상 통합으로 향하고 있었다. 그에게 종교는 분열을 통합으로 모색한 방편이 되기도 했다. 종교시에서 던은 연애시의 형식을 빌려서 신께 간청한다. 적과 약혼한 자신을 파혼시키고 심지어 겁탈해서 신께로 돌려놓아 주기를 애원한다("내 가슴을 치소서"). 던의 시적 이미지는 서로 다른 사물들 사이에서 발견되는 유사점에서 생긴다. 여기서 놀람의 효과가 발생한다. 대립과 분열에 흥미를 가지고 있었기에 감각적이고 감정적 비유보다는 논리적인 것이 요구되었고 추상적인 것보다는 구체적인 표현이 요구되었다. 또한 심각하고 육중한 문제를 평범하고 가벼운 것으로 표현하는 것은 매우 현대적인 감성이었다. 이를테면 그의 "고별사"에서 연인들은 컴퍼스의 두 다리로 비유된다. 여인은 고정된 다리이고 남자는 움직이는 바깥 다리로서, 남자가 여행을 끝내고 돌아오는 것은 컴퍼스의 두 다리의 만남과 같다. 여자가 중심에서 확고부동함은 남자의 여정을 안전하고 완벽하게 끝내게 한다는 논리이다. 이 컴퍼스의 비유가 바로 완전한 사랑을 표현한 도구로서 그 유명한 형이상학적 기상(conceit)이다.

기상, 기지, 모순, 과장의 기법 등을 가지고 대화형식으로 진행되는 것이 던의 시의 특징이다. 직접적이고 긴급한 논의적인 대화는 극적 독백형식을 취한다. 던의 강력한 통제력을 주는 명령문 '제발 닥치고, 사랑하게 놔두시오.'("시성") 같은 말은 전통적이고 품위 있는 시어에만 익숙했던 시절에는 가히 충격이었을 것이다.

사랑을 주제로 하는 연시에서 던은 다양한 형식을 사용했다. 그의 애가, 엘레지(elegy)는 죽음을 슬퍼하는 비가나 만가의 의미가 아니라 사랑을 호소하는 내용으로 애도적인 요소는 없다. 던은 종교시나 세속시 모두 연시를 소재로 한 것이 특징이며 형식은 연가(sonnet)의 연(stanza)을 사용하였으나 애가에서는 영웅시의 기본인 2행시(heroic couplet)를 사용하고 있다. 던의 애가는 성에 관한 해학적 표현이 핵심을 이룬다. 사랑과 성에 관한 표현은 재미와 웃음을 유발한다. 기발한 착상 혹은 기상에서 나오는 논리적 사고의 유형으로 처음 보는 애인의 육체를 '오 나의 아메리카여, 내가 새로 발견한 땅이여'("애가 19, 잠자리에 드는 애인에게")라고 일컫는 대목은 지리적인 신대륙 발견을 연상시킨다.

던은 종교시를 쓸 때에도 그 기지와 논리를 '연가수법'으로 접근한다. 종교적 명상을 그리스도의 탄생에서 고난과 부활 승천까지의 생애로부터 시작하여, 시인의 청춘의 방황에서 신앙에 도달하여 구원을 소망하는 심정을 다양하게 피력한다. 내면세계에서 일어나는 문제들, 사랑의 영원성, 죽음, 영혼에 관한 끊임없는 머릿속의 막힘을 뚫으려 했던, 던의 경험을 독자들이 그의 시에서 발견하게 되기를 기원한다.

아울러 존 던을 널리 알리는데 문을 열어주신 '서정시학'의 최동호 교수님께 깊이 감사드린다.

2016년 3월

김 선 향

차 례

서문 | 5

Ⅰ 연가戀歌

좋은 아침 | 19

노래-가서 별똥별을 잡아라 | 21

여자의 절개 | 23

떠오르는 태양 | 24

시성詩聖 | 26

삼중 바보 | 29

애인의 무한성 | 31

노래-가장 사랑하는 이여 | 34

열병 | 37

공기와 천사들 | 40

새벽 | 42

일주년 기념一週年 紀念 | 44

사랑의 성장 | 46

제한된 사랑 | 48

꿈 | 50

고별사 : 눈물에 관하여 | 53

사랑의 연금술 | 56

벼룩 | 58

성聖 루시일日의 야상시夜想詩, 연중年中 가장 짧은 날 | 60

영상의 마법 | 64

미끼 | 65

상심傷心 | 67

고별사 : 슬픔을 금하며 | 70

황홀 | 73

유언 | 79

장례식 | 83

앵초꽃 | 85

성골聖骨 | 88

분해 | 91

보내온 흑옥 반지 | 93

부정적 사랑 | 95

계산 | 97

사랑이여 안녕 | 98

그림자에 관한 강의 | 101

소네트. 사랑의 징표 | 103

Ⅱ 애가哀歌

애가 3-변화 | 107

애가 5-그의 초상 | 110

애가 6 | 112

애가 7 | 116

애가 9-가을 색 | 119

애가 10-꿈 | 123

애가 17-다양성 | 126

애가 19-잠자리에 드는 애인에게 | 131

Ⅲ 성가聖歌

거룩한 소네트 ｜ 137

    1. 화관 ｜ 137

    2. 성 수태 고지聖受胎告知 ｜ 139

    3. 탄생 ｜ 141

    4. 성전 ｜ 143

    5. 십자가에 못박히심 ｜ 145

    6. 부활 ｜ 147

    7. 승천 ｜ 149

거룩한 소넷 ｜ 151

    Ⅰ ······ 151

    Ⅱ ······ 153

    Ⅴ ······ 154

    Ⅵ ······ 157

    Ⅶ ······ 159

    Ⅷ ······ 161

IX …… 162

X …… 164

XII …… 166

XIV …… 168

XV …… 170

XVI …… 172

XIX …… 174

십자가 | 175

수태 고지와 수난이 겹쳐진 1608년 어느 날에 | 182

1613년 성 금요일, 서쪽으로 말을 달리며 | 187

연도連禱 | 192

I 성부 …… 192

II 성자 …… 193

III 성신 …… 194

IV 삼위일체 …… 195

Ⅴ 성모 ⋯⋯ 196

Ⅵ 천사들 ⋯⋯ 197

Ⅶ 족장들 ⋯⋯ 198

Ⅶ 선지자들 ⋯⋯ 199

Ⅸ 사도들 ⋯⋯ 200

Ⅹ 순교자들 ⋯⋯ 201

Ⅺ 고해자들 ⋯⋯ 202

Ⅻ 수녀들 ⋯⋯ 204

ⅩⅢ 박사들 ⋯⋯ 205

ⅩⅣ ⋯⋯ 206

ⅩⅩⅧ ⋯⋯ 207

병상에서 하느님, 나의 하느님께 바치는 성가 | 209

하느님 아버지께 바치는 성가 | 213

존 던의 연보 | 215

참고문헌 | 221

Ⅰ 연가戀歌

좋은 아침

참으로, 그대와 나는 무얼 했는지 모르겠소.

우리가 사랑하기까지? 우리는 그때까지 젖도 떼지 못하고,

어린애처럼 시골의 즐거움을 빨고 있었단 말이오?

아니면, 잠자는 일곱 기독교도들의 동굴1)에서 코를 골고 있었단 말이오?

그렇소, 이 사랑 이외에, 모든 즐거움은 공상일 뿐.

만일 내가 어떤 미녀를 알고,

탐내고, 소유했다 해도, 그건 다만 그대에 관한 꿈일 뿐.

지금 깨어나는 우리 영혼에게는 좋은 아침,

이제 우리는 두려움으로 서로를 경계하지 않소.

사랑은 모든 다른 곁눈질의 사랑을 억제하고

하나의 작은 방을 전 세계로 만들기 때문이오.

해양 탐험가들은 새로운 세계를 찾아가도록 하고,

---

1) Seven Sleepers' Den: 전설에 의하면 7명의 기독교 청년들이 로마인의 박해를 피해 굴속에 숨어서 200년 동안 무사히 잠들어 있다가 마치 하룻밤을 자고 난 것처럼 깨어났다고 한다.

다른 이에게 지도로 여러 세계를 보게 해도 좋소.
우리는 하나의 세계를 가집시다. 각자가 하나이고, 둘
이 하나인.

내 얼굴은 그대 눈에, 그대 얼굴은 내 눈에 나타나니,
참되고 순진한 마음은 그 얼굴 속에 깃들어 있소.
어디서 우리는 이보다 더 나은 두 반구를 찾을 수 있
겠소,
차가운 북쪽도 없고, 해지는 서쪽도 없는?
죽는 것은 무엇이나 균등하게 혼합되지 못한 것.
만일 우리 둘의 사랑이 하나이거나, 그대와 내가
똑같이 사랑하여, 어느 쪽도 기울지 않는다면, 우린 아
무도 죽지 않으리다.

노래

−가서 별똥별을 잡아라

가서, 별똥별을 잡아라.

맨드레이크 뿌리에 애를 배게 하라.[1]

모든 지나간 세월이 어디 있는지 말해 다오.

혹은 누가 악마의 발을 갈라놓았는지 말해다오.

인어가 노래하는 걸 듣는 법을 가르쳐다오.

질투의 가시를 피하는 법을,

그리고 찾아보라

어떤 바람이

정직한 이를 출세시키는 데 도움을 주는지.

만일 네가 기이한 시력을 가지고 태어났다면

보이지 않는 것을 보러 가라.

천만주야를 말을 타고 달려 보라.

눈처럼 흰 머리칼이 네 머리에 덮일 때까지.

네가, 돌아와서, 내게 말하리라

---

[1] 맨드레이크 뿌리의 갈라진 모양은 인간의 육체와 유사하다. 맨드레이크는 또한 최면제나 성욕 촉진제로 임신을 하는 데 도움을 준다고 생각되었다.

네게 일어난 모든 이상하고 신기한 일들을,

그리고 맹세하리라

아무 데도

참되고 아름다운 여자는 살고 있지 않다고.

만일 네가 그런 여자를 찾거든, 내게 알려다오.

그런 순례는 즐거우리니

그래도 말하지 말라, 나는 가지 않으리라.

비록 옆집에서 우리가 만날 수 있다 해도,

만나고 있을 때는 진실할지 모르나,

또 편지를 보내는 동안, 진실이 계속될지라도,

그래도 그녀는

내가 돌아오기 전에

두 명 아니 세 명의 남자에게 거짓되리라.

여자의 절개

당신은 오늘 하루 동안 나를 사랑해 주었는데,
내일 당신이 떠날 때, 무엇이라 말하려 하오?
오늘 새로 맺은 맹세도 그땐 낡은 것이라 하겠소?
아니면 지금의 우리는
어제의 우리와 다른 사람들이라 말하려오?
아니면, 사랑의 신의 노여움이 두려워서 맺은 맹세는
어느 것이든 깨뜨려도 좋단 말이오?
아니, 진정한 결혼은 진정한 죽음만이 갈라놓듯이,
결혼의 그림자인, 연인들의 언약은,
죽음의 그림자인, 잠을 자고 나면 풀려난단 말이오?
아니, 당신의 목적을 정당화하려고
변심과 거짓을 목적으로 삼았으니, 당신은
거짓에 충실하는 길밖에 딴 도리가 없단 말이오?
허영의 광녀狂女여, 그런 핑계들에 맞서서, 내가 하려면,
논박하고 이길 수도 있지만,
그렇게 하지 않는 것은,
내일이면, 나 역시 똑같이 생각할지 모르기 때문이오.

떠오르는 태양

분주하고 늙은 멍청이, 주책없는 태양,

어찌하여 너는 이처럼,

창문으로, 커튼으로 우리를 찾아드느냐?

네 운행에 맞추어 연인들의 계절도 따라야 하느냐?

건방지게 아는 체하는 것아, 가서 꾸짖기나 해라

지각한 학생들이나 낯 찌푸린 도제徒弟들을,

가서 일러라 궁중 사냥꾼들에게 임금님이 사냥 가신다고,

시골 개미들을 추수 일에 불러라;

사랑은, 하나같이, 모르느니라, 계절도, 기후도,

세월의 넝마조각인 시간도, 날도, 달도,

너의 광선을, 너는 왜 그처럼 거룩하고

강한 것이라 생각하느냐?

내 눈 한번 깜박이면 그 빛을 차단하고 흐릴 수 있다.

내 그 동안 그녀를 못 보게 되지 않는다면:

만일 그녀의 눈이 네 눈을 멀게 하지 않았다면,

보라, 그리고 내일 늦게 내게 말하라

향료와 금광의 두 인도1)가

네가 두고 온 자리에 있나, 아니면 여기 나와 함께 누워 있나를.

네가 어제 보았던 제왕들의 거처를 물어 보라

그러면 너는 들으리라, 모두 여기 한 침대에 누워 있다고.

그녀는 모든 제국들, 그리고 나는 모든 제왕들,

이 밖엔 아무 것도 존재하지 않는다.

제왕들은 우리를 흉내낼 뿐, 이에 비하면,

모든 명예는 가짜요, 모든 부富는 사기.

너, 태양은 우리 절반만치 행복하네.

세계가 이처럼 축소된 점에서;

네 나이 이제 안일을 원하며, 네 임무는

세상을 따뜻하게 함이니, 우리를 따뜻하게 함으로 네 임무는 다한 것.

여기 우리를 비추어라, 그러면 너는 도처에 있는 셈,

이 침대가 너의 중심이고, 이 벽들이 너의 천구天球이다.

---

1) 향료의 원천인 동인도와 보석의 보고인 서인도를 말한다.

시성謚聖

제발 닥치고, 날 사랑하도록 내버려 두시오.
내 중풍이나 통풍痛風을 꾸짖거나,
내 다섯 가닥의 흰 머리칼이나 탕진한 재산을 조롱하
시오.
재물로 당신 신분을, 예술로 당신 마음을 향상시키시오.
생의 방향을 잡고, 지위에 오르시오.
각하의 명예나 은총에 비위를 맞추고
왕의 실제 용안이나, 주화에 찍힌 어안을[1]
섬기시오. 하고 싶은 것은 무엇이든 해 보시오.
그러니 당신도 내가 사랑을 하도록 내버려 두시오.

젠장, 젠장, 내 사랑으로 피해를 본 자 누구요?
어느 상인의 배가 내 탄식으로 침몰되었소?
누가 내 눈물이 자기네 밭을 침수시켰다고 말하오?
언제 내 한기가 다가오는 봄을 막았소?
언제 내 혈관을 가득 채운 열기가

---

[1] 궁정을 드나들거나, 돈을 버는 일이나 하라.

역병 사망자 명단에 한 명을 더 보태었소?
군인들은 전쟁을 찾고, 변호사들은 여전히
싸움을 일으키는 소송인들을 찾고 있소,
비록 그녀와 내가 사랑을 할지라도.

우리를 마음대로 부르시오, 그렇게 된 건 사랑 때문이니;
그녀를 한 마리 날벌레, 나를 다른 하나의 날벌레라
부르시오.
우리는 촛불이며, 우리 자신을 소모하여 죽는다오.
그리고 우리 속에는 독수리와 비둘기가 있소.
불사조의 수수께끼는 우리 때문에
뜻이 더욱 깊어지오, 우리 둘이 하나 되어 그것이므로,
그리하여 하나의 중성으로 양성이 합해지오.
우리는 죽었다가 똑같이 살아나서,
이 사랑으로 신비롭게 판명되오.

우리가 사랑으로 살 수 없다면, 그것으로 죽을 수는
있소.

그리고 우리 전설이 묘나 관에 어울리지 않는다면,

시에는 어울릴거요.

그리고 우리가 한 편의 역사는 못 되어도,

연가 속에 멋진 자리를 차지할거요

정교한 항아리가 거대한 분묘에 못지않게,

위인의 유골 단지가 되듯이,

그리고 이 성가로 인하여 모두들

우리가 사랑으로 성도되었음을 인정하리다.

그리고 우리를 불러 이렇게 기원하시오,

"신성한 사랑이 서로의 안식처를 마련해 준 그대들,

지금은 광란인 사랑이 화평이었던 그대들;

온 세계의 영혼을 집약하여 그대들의

안구 속에 몰아넣었던 그대들,

(그리하여 그런 거울과 그런 안경을 만들어

그것들이 그대들에게 모든 것을 요약했던 것이오),

전원들과, 도시들과, 궁정들을: 하늘로부터

그대들의 사랑의 본을 빌어주소서!"

삼중 바보

나는 이중 바보인 줄, 내 알고 있소.
사랑을 함으로써, 그리고 시의 넋두리로
그렇다고 말함으로써;
하지만 나 같은 이가 아니 되고저 하는 그런 현자가
어디 있으리오,
여자가 거절하지만 않는다면?
그러니, 지상 내륙의 좁고 굽은 강줄기들이
바닷물의 끈끈한 소금기를 정화시키듯,
내 생각컨대, 만일 내 고통을 애타는 운율로
읊어 낼 수 있다면, 나는 그 고통을 가라앉힐 수 있으
리다.
시로 옮겨진 슬픔은 그리 광포할 수 없으니,
그것은 그가 시로 족쇄를 채운 슬픔을 달래기 때문이오.

그러나 내가 그렇게 했을 때,
어떤 이가, 그의 재주와 음성을 과시하려고
내 고통을 작곡하여 노래부르면,
그래서, 많은 이들을 즐겁게 하고, 시가 억제했던

슬픔을 다시 풀어놓을 테지요,
시의 찬사는 사랑과 슬픔에 속하는 것이지만,
그러나 읽어서는 그다지 즐겁지 못하오;
사랑과 슬픔은 그런 노래로 배가 한다오:
둘 다 그들 승리가 그렇게 공개되었기에,
그래서 이중 바보였던 나는, 삼중으로 불어나서;
현명해지려다, 바보 중의 바보가 되는구려.

애인의 무한성

내 아직 그대 사랑의 전부를 가지지 못했다면,
사랑하는 이여, 결코 그 사랑 전부를 가지는 일은 없
으리다,
난 그대 마음을 움직이기 위해 또 다른 한숨을 쉴 수
없고,
또 다른 한 방울의 눈물을 흘리도록 애원할 수도 없으
리다;
그대 마음을 살 수 있는 나의 모든 보물들,
한숨, 눈물, 그리고 맹세와 편지들을 나는 모두 탕진했
으니.
더구나 내게 더 이상 줄 수도 없는 것,
사랑의 흥정에서 그대가 내게 주려 했던 것보다.
만일 그때 그대 사랑의 선물이 부분적인 것이었다면,
더러는 내게, 더러는 다른 이들에게 갔을 것인즉,
사랑하는 이여, 나는 결코 그대 전부를 가지지 못하리다.

또한 만일 그때 그대가 내게 전부를 주었다 해도,
그 전부는 그때 그대가 가지고 있었던 전부일 뿐;

그러나 만일 그대 가슴에, 그 후로도,

새로운 사랑이 다른 남자들로 인해 생겨났던가 또 생

긴다면,

그네들은 완전한 재물을 가지고 있어, 눈물도

한숨도, 맹세도, 편지도 나를 능가하여 바칠 수 있으니,

이 새로운 사랑은 아마도 새로운 두려움을 낳게 되리다.

왜냐하면 이 새로운 사랑은 그대가 서약하지 않았던

것이기에.

그래도 그것은 서약된 것, 그대 선물은 총합적인 것이

었기에,

그 밭은 그대 마음, 곧 내 것; 거기서

자라는 것은 무엇이건, 사랑이여, 모두 내가 가져야 하

리다.

그러나 난 역시 전부는 가지지 아니하리다.

전부를 가진 이는 더 이상 가질 수 없으니,

그리고 나의 사랑은 날마다 새로운 성장을 하므로

그대도 새로 보답할 사랑을 준비해야 하리다.

그대는 날마다 그대 마음을 내게 줄 수는 없소

만일 줄 수 있다면, 이전에 그대는 준 일이 없게 되니:

사랑의 수수께끼란, 비록 그대 마음이 떠난다 해도,

그대로 머무는 것, 그래서 그대는 잃으면서 얻게 되는

것이라오.

하지만 우린 보다 자유로운 길을 택하리다.

마음을 교환하는 것보다, 두 마음을 결합하는 것, 그래서

우리는 하나가 되고, 서로의 전부가 되리다.

노래
–가장 사랑하는 이여

가장 사랑하는 이여, 그대가 싫증나서
내가 가는 것이 아니요.
또 세상이 내게 더 적합한 사랑을
보여 주리라는 희망 때문도 아니라오.
그러나 나는
결국 죽어야 할 테니, 이게 최선이지요.
내 자신 장난삼아 이렇게
거짓 죽음으로 죽는 연습을 해 보는 것이.

어젯밤 태양은 이곳을 떠났지만,
오늘 역시 여기에 와 있소.
그는 욕망도 감각도 없소.
그의 길은 전혀 그렇게 짧지 않소.
그러니 나를 염려하지 말고
믿어 주오. 나는 태양보다 더 빨리
여행하고 돌아올 것을, 내게는 그보다
더 빠른 날개와 박차가 있으니.

아, 인간의 힘은 얼마나 연약한가.
만일 행운이 찾아온다 해도,
한 시간을 더 보탤 수도 없고
잃어버린 한 시간을 되찾을 수도 없소!
그러나 불운이 찾아오면
우리는 불운에 가세하게 되고
그에게 기술과 사정射程을 가르쳐서
불운이 우리를 앞지르게 한다오.

그대가 한숨지을 때, 그 한숨은 바람이 아니라,
내 영혼을 한숨 쉬어 보내는 것이오.
친절 아닌 친절로 그대가 눈물 흘릴 때,
내 생명의 피는 쇠퇴하오.
만일 그대 안의 내 생명을 그대가 소모한다면,
그대가 말하는 것처럼
그대 나를 사랑한다고 할 수는 없소.
그대는 내 정수精髓이기에.

그대 점치는 마음이

나의 불길不吉을 미리 생각케 하지 마오.

운명은 그대의 편을 들어서

그대의 두려움을 실현시킬지도 모르니.

다만 이렇게 생각하오

우리는 돌아누워 잠자는 것뿐이라고

서로가 생명이 되어 있는 두 사람에게는

결코 이별하는 일은 있을 수 없소

열병

아 죽지 마오, 당신이 죽으면
난 모든 여인들을 너무나 증오하게 되고,
종내는 당신마저 기리지 않게 될 거요.
당신도 한 여인이었음을 기억할 때.

그렇지만 내 알기로, 당신은 아직 죽을 수 없소;
이 세상을 뒤에 남기는 것이 죽음일진대,
그런데 당신이 이 세상을 떠날 때는,
온 세상이 당신의 숨으로 증발할 것이오.

혹시 만약, 이 세상의 영혼인 당신이 사라질 때도,
이 세상이 남는다면, 그건 당신의 송장에 불과할 뿐,
절세미인도, 당신의 환영일 뿐이고,
유명 인사들도 썩은 벌레에 지나지 않을 뿐이라오.

아, 논쟁하는 학파들이여,1) 어떤 불이 이 세상을

---

1) 스토아 철학자들은 이 물질계의 종말에는 대화재가 있을 것으로
   보았다. 그러므로 대화재의 불씨는 무엇이 될까 하는 것이 관심사

태울 것인가를 연구하며, 이런 지식에
다가설 지혜는 전혀 없었던 것인가,
그녀의 이 열병이 바로 그 불일 것이라는?

그럼에도 그녀는 이 열병으로 쇠약해질 수 없고,
또는 이 고문하는 부당 행위를 오랫동안 견딜 수도 없소.
왜냐면 이런 열병에 오랫동안 연료를 대려면
많은 불순물이 필요하기 때문이라오.

이 타오르는 발작들은 유성들에 불과하오,
그들의 질료는 당신 안에서 곧 소모되오.
당신의 미와 당신의 모든 부분은
변하지 않는 천체라오.

그러나 열병은 당신을 사로잡는 내 열망이었소,
비록 그것이 당신 속에서 살아남을 수는 없지만:
난 차라리 한 시간 만이라도 당신을

였는데, 스토아학파들은 원초적인 불 즉 '에테르'라고 생각했다.

소유하고 싶기 때문이오, 다른 모두를 영원히 소유하
기보다는.

공기와 천사들

두 번 아니 세 번 나는 그대를 사랑한 일이 있소
그대의 얼굴과 이름을 알기도 전에.
그와 같이 어떤 목소리로, 어떤 정체 없는 불꽃으로,
천사들이 때론 우리에게 영향을 주고 경배되듯이,
그대가 있는 곳에 내가 갔을 때는 언제나
나는 아름답고 빛나는 어떤 무無를 보았소.
그러나 내 영혼은, 그의 아이가 사랑이고,
육의 수족을 택해야 하며, 그렇지 않고는 아무 일도
할 수 없어,
사랑도 그의 어버이보다 더
영묘할 수 없으니, 육체를 택해야 하오.
그러므로 그대가 무엇이고 누구인지를,
나는 사랑의 신에게 청해 물어 보았는데, 이제
사랑이 그대의 육체를 취하였음을 나는 인정하오,
그대의 입술과 눈과 이마에 사랑 자신이 정착되었음을.

이처럼 사랑의 배에 바닥짐을 싣고
더 안전하게 가려 생각했는데,

감탄까지도 침몰시킬 상품을

사랑의 작은 배에 너무 많이 실었음을 알았소.

그대의 머리칼 하나하나에 사랑이 작용하면

너무 지나치니, 좀 더 적절한 조화를 찾아야 되오.

사랑은 무無에서도, 아니 극단적인 유有에서도

또 찬란한 빛 속에서도 존재할 수 없기 때문이오.

그러니 천사가 그처럼 순수하지는 못하나,

그래도 순수한 공기의 얼굴과 날개를 지니듯이,

그렇게 그대의 사랑도 내 사랑의 천체가 될 수 있소.

공기와 천사 사이에

존재하는 그 순수성의 차이가

여자의 사랑과 남자의 사랑 사이에 언제나 존재하리
다.

새벽[1]

날이 샜어요, 정말이에요, 그런들 어때요?
오, 그렇다고 당신은 내게서 일어나려는 거예요?
날이 새었다고 왜 우리가 일어나야 해요?
우리가 밤이었기 때문에 누웠었나요?
사랑은, 어둠에도 불구하고 우리를 여기 데려왔으니,
밝음에도 불구하고 우릴 여기 함께 머물게 해야 해요.

빛은 혀가 없이, 온통 눈만 있어요.
만일 그것이 보기도 잘하고 말도 잘할 수 있다면
이는 빛이 말할 수 있는 가장 난처한 일일 테지요,
이대로 좋으니, 난 더 머물고 싶고,
그리고 난 내 마음과 정조를 존중했고
그걸 가진 이로부터 떠나고 싶지 않다는 걸.

일 때문에 여기서 떠나셔야 하나요?
오, 그건 사랑의 최악의 질병이지요;

---

[1] 이 시의 화자는 던 시(詩) 중에서 드물게 쓰인 여자이다.

가난한 자, 추한 자, 거짓된 자를 사랑은
용서할 수 있지만, 일이 바쁜 사람은 용서할 수 없지요,
사업을 가지고, 사랑을 하는 남자는,
마치 기혼자가 구혼하는 것과 같은 과오를 범한답니다.

일주년 기념—週年 紀念

모든 왕들, 그리고 그들의 모든 총신들,
고관들, 미녀美女들, 재사들의 모든 영광,
시간을 만드는 태양 자체도, 시간이 지남에 따라
이제 한 살 더 나이 먹었소,
그대와 내가 처음 서로 만났을 적보다:
모든 다른 것들은 그들의 파멸로 다가가나
오직 우리 사랑만은 시들지 않소.
이 사랑은 내일도 어제도 없으며,
달리면서 결코 우리에게서 달아나지 않고
진실로 그의 처음, 마지막, 영원한 날을 지키고 있소

두 무덤이 그대와 나의 시체를 숨길 것이요;
만일 한 무덤에 묻힌다면, 죽음은 이혼이 될 수 없소
아 애석하게도, 다른 왕자들과 마찬가지로, 우리도
(서로에게 왕자나 다름없는)
마침내 죽음에게 이 눈과 귀를 맡겨야 하오,
자주 진정한 맹세로 충족되고, 달콤하고 짠 눈물로 적
셨던;

그러나 사랑 외엔 아무 것도 깃들지 않은 영혼들은
(모든 딴 생각들은 동거인에 지나지 않으므로) 체험할
것이오,
이 사랑 아니 하늘에서 보다 승화된 사랑을,
육체가 무덤으로 가고, 영혼이 무덤에서 떠날 때.

그러면 우리는 완전히 축복받을 것이오.
그러나 모든 다른 이들 이상으로 받는 것은 아니요.
여기 지상에서 우린 왕들이오, 그리고 우리 말고는 아
무도
그런 왕들이 될 수 없고 그런 신하들이 될 수 없소;
누가 우리만치 안전하겠소, 아무도 우리를
배반할 수 없으니, 우리 둘 중 하나 이외엔?
옳든 그르든 기우는 그만둡시다.
우리 고결하게 사랑하고 살며, 다시
세월에 세월을 보태, 우리
60주년을 쓰게 될 때까지, 이것이 우리 치세의 두 번
째 해요.

사랑의 성장

나는 내 사랑이 그리 순수하다고 믿지는 않소,
전에 내가 생각했던 것처럼,
왜냐면 그것은 풀처럼
사철 영고성쇠를 겪어야 하기 때문에;
난 겨울 내내 잠자고 있었다고 생각되오, 내가
내 사랑이 무한하다고 맹세했던 때, 만일 봄에 그 사
랑이 자란다면.

그러나 만약 모든 슬픔을 더 큰 슬픔으로 치유하는
이 사랑의 묘약이, 정수가 아닐 뿐 아니라,
영혼과 감각을 괴롭히는 모든 요소의 혼합체라면,
그리고 그 활력을 태양에서 얻고 있다면,
사랑은 그렇게 순수한 것도 추상적인 것도 아니요,
시신詩神밖에 애인을 가져 보지 못한 시인들이 말하듯이,
도리어 모든 다른 것들같이, 원소들로 이루어져서
사랑도 때로는 사색도 하고, 때로는 행동도 한다오.

그래도 더 커짐이 아니라, 더 뚜렷이 나타나는 것일 뿐,

사랑이 봄에 성장한다 함은;

마치 창공에서

별들이 태양에 의해서 더 커지는 것이 아니라, 그렇게
보이는 것처럼,

부드러운 사랑의 행위는, 나뭇가지 위의 꽃들처럼,

사랑이 깨어나는 뿌리에서부터 막 싹 터 나온다오.

만일, 물속에 여러 개의 파문이 하나에서부터

이루어지듯이, 사랑이 그렇게 증가된다면,

사랑의 파문도, 수많은 천체와 같이, 하나의 천공을 만
들지요.

사랑의 파문은 모두 그대를 중심으로 하고 있기에.

그리고 봄마다 사랑에 새로운 열을 가하지만,

군왕들이 전시에 새로운 세금을 부과하고,

평화시에도 세금을 면제하지 않는 것처럼,

봄에 자란 것을 겨울이 경감하지 못한다오.

제한된 사랑

어떤 남자는 옛사랑이나 새 사랑은
차지할 자격이 없어, 그 자신 거짓되거나 유약하므로,
그의 고통과 수치가 덜할 것으로 생각했다,
만약 여성에게 그가 화를 낸다면;
그때부터 법률이 생겼는데
한 여자가 꼭 한 남자만 알도록;
그렇지만 어디 다른 피조물들도 그런가?

태양, 달, 혹은 별들이 그들이 원하는 곳에 미소를 보
내고
빛을 발산하는 것을 법으로 금지하는가?
새들이 이혼을 하는가, 아니면 욕을 먹는가
그들이 제 짝을 떠나거나 하룻밤 외박을 한들?
짐승들은 결합1)을 잃지 않는다
그들이 새 연인을 선택해도,
그런데 우리 인간은 짐승보다도 못하게 만들어졌다.

---

1) 결혼으로 인정된 부부의 공동 재산.

그 누가 항구에 배를 가두어 두려고 곱게 단장을 하겠
는가,

그걸로 새로운 육지를 찾지 않겠는가, 또 무역을 하지
않겠는가?

또 그 누가 멋진 집을 짓거나, 나무를 심고 정자를 만
들어

단지 문을 잠그고, 그냥 그들이 쇠락하도록 두겠는가?

선善은 선善이 아니다, 만일

만인이 그걸 소유하지 않는다면,

오직 욕심으로 낭비할 뿐이다.

꿈

사랑하는 이여, 오직 그대만이
나를 이 행복한 꿈에서 깨우리이다;
그 꿈은 이성에 적합한
주제였소, 환상이기에는 너무나 강렬하였고,
그러므로 그대가 날 깨운 건 현명하였소; 그래도
내 꿈을 그대가 깬 것이 아니라, 그 꿈을 지속시킨 거요,
그대는 바로 실재인물, 그대에 대한 생각만으로도
꿈을 진실로, 또 우화를 역사로 만들기에 충분하오.
이 팔에 안겨 주오, 당신은 내 꿈을 다 꾸지 않는 게
낫다고 생각했으니, 그 나머지를 해 봅시다.

번갯불이나 혹은 촛불처럼,
그대의 소리가 아니라, 그대의 눈이 날 깨웠소;
그래도 나는 그대를
(그대는 진실을 사랑하기에) 첫눈에, 천사라 생각했소,
그러나 당신이 내 마음을 알았음을 내가 알았을 때,
그리고 천사의 기술을 초월해서 내 생각을 알아냈을
때,1)

당신이 내가 무슨 꿈을 꾸었는지 알았을 때, 그대가
언제
  과다한 기쁨이 나를 깨우는지를 알고, 바로 그때 왔을
때,
  난 고백해야겠소, 그대를 그대가 아닌 그 어떤 걸로
  생각한 것이 모독일 수밖에 없음을.

  와서 머무르는 동안 그대는 그대로 보였소,
  그러나 일어나기가 나는 두렵소, 지금
  그대는 그대가 아닐까봐.
  사랑은 약해지오, 두려움이 강해지는 곳에서는;
  그 사랑은 전적으로 신령하고, 순수하고, 용감하지 못
하오,
  만일 그 사랑이 공포와 수치와 명예로 혼합된 것이라
면.
  어쩌다가, 횃불을 준비하려면,

---

1) 토마스 아퀴나스에 의하면, 오직 신만이 사람의 마음을 읽을 수 있
   고 천사들에게는 그런 능력이 없다.

남자들이 불을 붙이고 꺼보듯이, 그렇게 당신도 나에
게 해주오.

그대가 와서 불을 켜고, 떠나면 되 오는 것이요; 그러
니 나는

그 희망을 또다시 꿈꾸겠소, 그렇지 않으면 죽을 거요.

고별사 : 눈물에 관하여

내 눈물을 퍼붓게 해주오.

나 여기 머무는 동안 그대 얼굴 앞에서.

그대 얼굴이 그 눈물을 주화로 찍어내고, 그 눈물이
그대 형상을 지니고 있기에,

이 주화도 그 눈물의 가치를 지니고

그처럼 눈물이

그대를 잉태하기 때문이오.

그 눈물은 큰 슬픔의 열매요, 그보다 더한 상징이라,

눈물 한 방울 떨어질 때, 그 눈물이 지닌 그대가 떨어
져,1)

그리하여 그대와 나는 다른 해안에서 없어지오.

둥근 공 위에

지도를 갖고 있는 도공이

유럽, 아프리카, 아시아를 그릴 수 있소

---

1) 곧 닥칠 이별은 화자의 눈물을 자아내게 하고, 그 눈물방울 속에는
여인의 얼굴이 반영되어 있어서, 눈물이 떨어질 때 눈물 속에 비쳐
진 '그대' 영상도 함께 떨어진다.

그리하여 아무 것도 없던 것을 재빨리 전세계로 만들 듯이,

그대 영상을 지닌

눈물 방울방울은,

그 영상으로 하나의 지구가 되고, 세계가 되오.

마침내 내 눈물과 섞인 그대 눈물이 이 세상을 범람하고,

그대가 흘려보낸 물이 내 천국을 와해시키리다.

오, 달보다 더한 그대여,

바닷물을 끌어들여 그대의 천계에서 나를 익사케 하지 마오.

그대 울음으로 나를 그대 품안에서 죽게 말고, 바다가 곧

할지도 모르는 일을 바다에게 가르쳐 주지 마오.

바람에게 본보기를

보여 주지 마오,

뜻했던 이상으로 나를 해치지 않도록;

그대와 내가 서로의 한숨을 불어 내고 있으니,

누구든 한숨을 많이 쉬면, 가장 잔인한 것, 상대편의 죽음을 재촉함이 되리다.

사랑의 연금술

나보다 더 깊이 사랑의 광산을 팠던 사람들이여,

말해 보라, 사랑의 행복의 핵심이 어디 있는지를:

나도 사랑하고, 소유하고, 알아보았다.

그러나 늙을 때까지, 내가 사랑하고, 소유하고, 알아볼

지라도,

나는 그 숨은 신비를 발견하지 못하리라;

아, 그건 온통 사기이다:

그리고 어떤 연금술사도 아직 영약을 얻지 못했으면서도

그의 풍만한 연금단지를 칭찬하는 것처럼,

만일 연구 도중에 그에게 어떤 향기 나는 것이나,

혹은 약 같은 것이 우연히 생긴다면,

그렇게, 연인들도 풍요하고 긴 기쁨을 꿈꾸지만,

얻는 것은 단지 겨울처럼 보이는 여름밤뿐이다.

우리의 안락, 우리의 행운, 우리의 명예, 그리고 우리

의 날을

우리들은 이 허무한 물거품의 그림자를 위하여 지불할

것인가?

사랑은 이렇게 끝나는 것인가, 내 하인도

나에 못지않게 행복해질 수 있다는 것으로, 만일 그가
신랑 역할이라는 짤막한 굴욕을 참을 수만 있다면?
결혼하는 것은 육체가 아니고 정신이라고
맹세하는 사랑에 넋 나간 자는
여자에게서 천사다움을 발견하는 모양인데,
그것은 결혼식날 거친 음유 시인들이 노래에서
천계의 음악을 듣는다고 주장하는 거나 한가지다.
여인들 속에서 정신을 기대하지 말라; 그들은 기껏해야
달콤하고 재치 있을 뿐, 소유해 보면, 미라에 불과하다.

벼룩

이 벼룩만을 잘 보오. 그리고 이 벼룩 속에서
당신이 나를 거절함이 얼마나 사소한가를 보오.
이놈은 나를 먼저 빨고, 이젠 당신을 빨아,
이 벼룩 속에 우리 둘의 피가 한데 섞였소.
당신은 알고 있소. 이것이 죄나 수치나
처녀성의 상실이라 할 수 없음을.
하지만 이놈은 구혼을 하기도 전에 즐기며,
두 피가 하나 된 것을 실컷 마셔 배불렀으니,
이는, 참말로, 우리가 하려는 것 이상이오.

오, 잠깐, 한 마리 벼룩 속에 세 목숨을 살려 주오,
우리는 그 속에서 거의 결혼, 아니 그 이상을 했소
이 벼룩은 당신과 나 그리고 이건
우리 신방이며, 결혼식 성전이오.
비록 부모가 싫어하고 당신도 그렇지만, 우리는 만나서,
살아 있는 이 흑옥의 벽 속에 은거하고 있소.
당신은 나를 죽이는 것이 습관이지만,
그것에다 추가하지 마오, 자살과

신성모독을, 셋을 죽이는 세 가지 죄를.

잔인하고 황급하게, 당신은 이미
죄 없는 피로 당신의 손톱을 붉게 물들였단 말이오?
이 벼룩이 무슨 죄를 지었단 말이오?
당신한테서 빨아먹은 피 한 방울 말고?
그럼에도 당신은 기세당당하게 말하기를
당신 자신도 나도 그 때문에 더 약해진 것은 아니라
하는구려.
그건 사실이오. 그러니 두려움이 얼마나 허위인가를
배우시오.
꼭 그만큼의 정조가, 당신이 내게 몸을 맡길 때
소모될 거요. 이 벼룩의 죽음이 당신에게서 앗아간 생
명만큼만.

성聖 루시일日의 야상시夜想詩, 연중年中 가장 짧은 날

오늘은 이 해의 한밤중이자, 이 날의,

루시일日의 한밤중이다.1) 그리고 그녀는 겨우 일곱 시간 모습을 드러낸다.

태양은 소진되어, 이젠 그의 화약통이

폭약 불꽃을 터뜨릴 뿐, 한결같은 빛을 보내지 못한다.

세상의 모든 수액은 가라앉았다;

온 세상의 향유를 수종에 걸린 땅이 마셔 버렸다.

그쪽으로, 마치 침대의 다리로 향하듯이, 생명이 움츠러들어,

죽어서 이장된다; 그러나 이 모든 것들은 웃는 듯이 보인다,

그들의 비문인 나에게 비한다면.

그러니 나를 연구하라, 연인이 될 당신들은

다음 세상에, 즉, 다음 봄에;

왜냐하면 나는 모든 죽은 것이 되기에,

---

1) 성 루시일은 12월 13일로 옛 달력에서는 연중 낮의 길이가 가장 짧은 날로 간주되었다.

내 속에 사랑이 새 연금술을 썼기 때문에.
사랑의 기술이 바로 무無로부터,
우울한 상실과 불임의 공허로부터,
다섯 번째 요소를 짜냈기 때문이다;
사랑은 나를 파멸시켰고, 그리고 나도 다시 태어났다.
부재, 암흑, 죽음; 존재하지 않는 것들로부터.

다른 모든 것들은, 모든 것으로부터, 좋은 모든 것을
뽑는다.
그들 존재가 연유하는 생명, 영혼, 형태, 원기를;
나는, 사랑의 증류기에 의해, 아무 것도 아닌[2]
모든 것의 묘가 되었다. 때론 우리 둘은 울어서
홍수를 만들고, 그래서
온 세계, 즉 우리 둘을 익사시키기도 했다; 때론 우리는
두 개의 혼돈이 되기도 했다, 우리가 다른 것에
관심을 보였을 때; 그리고 때로는 부재가

---

[2] 다른 사람들은 모든 것으로부터 좋은 것을 취하는데, 사랑의 화학
요법인 계략에 걸린 나는 존재하지 않는 모든 것의 무덤일 뿐이다.

우리 혼을 회수하여, 우리를 송장으로 만들었다.

그러나 나는 그녀의 죽음에 의해 (이 말은 그녀를 손상하는 것이지만)

제1의 무無의 연금약이 되었다.3)

내가 한 사람이라면, 내가 사람이라는 걸

나는 어떻게든 알아야 한다; 난 선택해야 하리라

만일 내가 어떤 짐승이라면,

어떤 목적이나 어떤 방법을; 정말이지 식물이나 돌조차도 싫어하고

또 좋아한다; 전체적으로 모든 것은 어떤 특성이 부여된다.

만일 내가 그림자처럼 흔히 있는 무無라면,

빛과 그리고 형체가 여기 있어야 한다.

그러나 나는 무無이다; 나의 태양도 소생치 않을 것이다.

---

3) 애인이 생존해 있었을 때보다 더욱 큰 대사건이 그 자신의 내부에서 일어났는데, 그것은 그가 창세기 이전에 있었던 제일의 무(無)(the first nothing)의 제5원(元)(불, 바람, 물, 흙의 4대 원소 이외의 것: Elixir here=quintessence: 다섯 번째 원소)이 되었다.

그대 연인들이여, 너희들 때문에 더욱 작은 태양이[4)]

이 시간에 산양좌山羊座[5)]로 달려갔다.

새로운 정욕을 가져다 너희들에게 주려고,

너희들의 여름을 모두 즐기라.

그녀는 그녀의 기나긴 밤의 축제를 즐기고 있으므로,

나로 하여금 그녀를 향해 준비하게 하라, 그리고 내게

이 시간을 그녀의 철야, 그리고 그녀의 전야前夜라 부

르게 하라, 이때가

이 해와 이 날의 깊은 한밤중이기 때문이다.

---

4) '나의 태양'을 죽은 애인으로 보고 하늘의 태양을 '더 작은 태양'으
로 비유하고 있다.
5) 12궁도에서 염소좌로 불리는 별자리. 염소는 정욕이 많은 것으로
유명하다.

영상의 마법

나는 그대의 눈에 내 시선을 고정시키오. 그곳
당신의 눈 속에 불타고 있는 내 영상을 가엾게 여기시오.
투명한 눈물 속에 빠진 내 영상,
내가 더 아래로 내려다 볼 땐 보이오;
그대에게 사악한 기술이 있다면
영상을 만들고 망쳐서 사람을 죽이는[1]
당신 마음대로 행할 수 있는 방법은 얼마나 되겠소!

그러나 이제 나는 그대의 달콤하고 짠 눈물을 마셨소
그리고 당신이 눈물을 더 쏟는다 해도 나는 떠날 것이요;
내 영상이 사라지면, 내가 당신의 마법으로
상처를 입을 수 있다는 공포도 사라지오;
그대가 내 영상을 하나 더
갖고 있는다 해도, 그래도 그건
그대 마음속에 있으니, 모든 악에서 벗어날 것이오.

---

[1] 상대의 영상을 만들었다가 파괴하는 방법으로 사람을 죽일 수 있
다는 마법.

미끼

와서 나와 함께 살고, 내 애인이 되라,
그리고 우리 어떤 새로운 기쁨을 경험해 보자.
황금 모래밭과 수정 개울과
명주 낚싯줄과 은낚시로.

그곳엔 속삭이는 강이 흐르리라,
태양보다 더한 그대 눈에 데워져서.
그리고 그곳엔 사랑에 빠진 물고기들이 있어
자신들을 바치려고 나타나리라.

그대가 그 천연 목욕탕에서 헤엄치려고 할 때
모든 수로에 사는 물고기들이,
사랑스럽게 그대에게 헤엄쳐 가리라,
잡히는 것보다 그대를 잡는 것이 더욱 기뻐서.

만일 그대가, 태양이나 달에 의해
눈에 띄는 것을 싫어하면, 그대는 그 둘 다를 가리면
되지.
그리고 내 자신이 그대를 볼 허가를 받는다면,

나는 그들의 빛이 필요 없지, 그대가 있기에.

다른 이들은 낚싯대와 함께 얼어붙게 하고,
조개껍질과 잡초에 다리를 베게 놔두어라.
혹은 음험하게 가엾은 물고기를
졸라매는 덫이나 혹은 창문 꼴의 그물에 걸리게 두어라.

거친 대담한 손이 진흙투성이 집으로부터
둑에 묻힌 물고기를 비틀어 내게 하라.
혹은 신기한 배반자인, 풀솜파리가,
불쌍한 물고기들의 방랑하는 눈을 홀리게 두어라.

그대에게는, 그런 속임수가 필요치 않으니,
그대 자신이 그대의 미끼이기 때문에;
그것에 잡히지 않는 물고기는
아, 나보다 훨씬 현명하구나.

상심傷心

한 시간 동안 사랑에 빠진 적이 있다고 말하는 자는
완전히 미친 거요,
사랑이란 그렇게 금방 식어지는 게 아니라,
순식간에도 열 사람이나 삼킬 수 있는 거지요;
누가 나를 믿겠소, 만약 내가
일 년이나 열병에 걸렸었다고 맹세한들?
누군들 날 비웃지 않겠소, 만일 내가
한 통의 화약이 하루 동안 터지는 걸 보았다고 우긴들?

아, 심장은 얼마나 하찮은 것이 되는지,
일단 사랑의 손아귀에 들어가기만 하면!
슬픔에 슬픔이 겹치지만
또 슬픔 자체에도 어떤 한도가 있는 것;
슬픔은 우리에게 오지만, 사랑의 신은 우리를 끌고 가서,
결코 씹지도 않고 우리를 삼키오:
사랑의 신은, 연발탄으로, 사람을 몰살하니,
사랑의 신은 폭군 대어大漁이고, 우리들의 심장은 피라
미라오.

만약 그렇지 않았다면, 내가 그대를 처음 보았을 때
내 심장은 어떻게 되었겠소?
나는 그 방안에 심장을 가지고 들어갔으나
방을 떠날 때는 아무 것도 가져가지 않았소;
만일 내 심장이 그대에게 갔다면, 나는 아오
내 것이 그대 심장에게 가르쳤으리라는 걸
내게 더 많은 연민을 보여줄 걸: 그러나 아, 사랑의 신
은
처음 단 한 번에 쳐서 내 심장을 거울처럼 산산조각
내었소.

그러나 무無에서 무無로 전락할 수는 없는 것,
또한 어느 곳도 완전히 비어 있을 수 없소.
그러므로 나는 내 가슴이 그 모든 파편들을 여전히
간직하고 있다고 생각하오, 그들이 비록 결합되진 않
았지만;
그리고 지금, 깨진 거울 조각들이
수많은 작은 얼굴들을 보여 주듯이, 그렇게

내 심장의 넝마조각들은 좋아하고, 소망하고, 사모할
순 있지만,
한번 그런 사랑을 한 후에, 다시는 더 사랑할 수 없으
리다.

고별사 : 슬픔을 금하며

고결한 사람들이 조용히 죽어 가며,
그들의 영혼더러 가라고 속삭이고,
한편 슬퍼하는 몇몇 친구들은
"숨이 이젠 끊어진다" 하고, 더러는 "아니"라 할 때처럼,

그렇게 우리 녹아서, 소리 내지 말고,
눈물의 홍수도, 한숨의 폭풍도 일으키지 맙시다.
우리 사랑 얘기를 속인들에게 말한다면
우리 기쁨을 모독함이오.

지진은 재해와 공포를 가져오고
사람들은 그 피해와 그 의미를 계산하오.
그러나 친구들의 동요는
비록 훨씬 더 크나, 무해하오.1)

---

1) 프톨레마이오스 천문학에서 하늘의 외권과 항성계 사이에 있다고
   상상되었던 두 구체 중의 하나인 크리스탈린 구체는 진동할 때 다
   른 모든 구체에 영향을 주지만 지진과는 달리 무해하고 무서운 것
   이 아니라고 믿었다.

우둔한 달 아래 연인들의 사랑은[2]
(그 정수는 감각이어서) 이별을
용납지 못하오. 이별이 사랑을
구성한 요소들을 제거하기 때문이오.

그러나 그토록 세련된 사랑으로
우리 자신이 사랑이 무언지 모르는 우리는
서로의 마음을 믿어
눈과 입술과 손이 없음을 별로 상관치 않소.

우리 두 영혼은 그러므로 하나여서
비록 나는 가야 하지만, 단절이
아니라 확장을 겪소,
공기처럼 얇게 쳐 늘인 금박처럼.

만일 우리 영혼이 둘이라면, 둘이오,
마치 뻣뻣한 컴퍼스 다리가 둘인 것처럼,

---

2) 중세사상으로 달 아래 지상의 것은 변화가 심하다고 믿었다.

당신의 영혼은 고정된 다리여서, 움직일 기색도
안 보이지만, 다른 다리가 움직이면, 움직이오;

그리고 당신 다리는 중심에 있지만,
다른 다리가 멀리 배회할 때면,
당신 다리는 그쪽으로 기울고 귀 기울이며,
그쪽이 귀가할 때면, 똑바로 선다오.

당신도 나에게 이처럼 되리다. 나는
그 다른 다리마냥 기울어져 달려야 하니,
당신의 꼿꼿함이 나의 원을 정확히 그리고,
내가 시작한 곳에서 끝나게 하는 거라오.

황홀

침대 위의 베개마냥,
임신한 기슭이 부풀어 올라,
제비꽃 머리를 기대이고 쉬는 곳에,
최상의 상대인 우리 둘이 앉았다.

우리 손은 거기서 솟아난
단단히 붙는 향고香膏로 굳게 접착되었고,
우리 눈의 광선은 얽혀, 한 가닥
두 겹실로 우리 눈을 꿰었다.1)

이처럼 우리 손을 접목시키는 것이, 아직은
우리를 하나 되게 하는 모든 수단이었고,
우리 눈에 깃들인 영상이
우리의 모든 번식이었다.

---

1) 르네상스 시대의 지각능력에 관한 이론에 의하면, 눈은 사물의 영
상을 관찰자에게 가져다주는 보이지 않는 광선을 내보낸다고 했다.
이렇게 연인들은 서로 손을 잡듯이 서로의 눈에 시선을 쏟음으로써
하나가 된다는 것이다.

비등한 두 군대 사이에, 운명이
불확실한 승리를 매달은 듯,
우리 영혼들은 (신분을 높이고자
몸 밖으로 나가) 그녀와 나 사이에 매달렸다.

그리하여 우리 영혼들이 거기서 협의하는 동안
우리는 묘의 조상彫像인 양 누웠었고,
온종일, 우리는 똑같은 자세였고
그리고 우리는 아무 말도 하지 않았다, 종일토록.

만일 어떤 이가, 사랑으로 세련되어
영혼의 언어를 이해하고,
선한 사랑으로 온통 정신이 되어
가까운 거리에 서 있었다면,

그는 (비록 어느 영혼이 말했는지는 모를지라도,
왜냐면 두 영혼이 똑같이 뜻하고, 말했기에)
아마도 거기서 새로운 청량제를 섭취하여

왔을 때보다 훨씬 더 순화되어 떠나리라.

이 황홀은 헷갈리지 않게 하는 것이라고
우리는 말했소, 우리가 사랑하는 대상을 우리에게 말
해 주어,
우리는 이것으로 그게 성욕이 아니었음을 알며;
무엇이 우리 마음을 움직이게 했던가를 몰랐음을 우리
는 안다:

그러나 모든 별개의 영혼들은
그들이 무엇인지 모르는 혼합물을 간직하고 있으므로,
사랑은 이 혼합된 영혼들을 다시 섞어
각각 이것과 저것인 둘을 하나가 되게 한다.

한 포기 제비꽃을 옮겨 심으면,
힘과 색깔과 크기가,
(예전에는 이 모두가 초라하고 모자랐으나)
늘 배가 되고, 곱으로 늘어난다.

사랑이, 서로 이처럼
두 영혼에 생기를 불어넣을 때,
거기서 흘러나온 보다 유능한 영혼이,
고독의 결함을 극복한다.

새로운 이 영혼인 우리는 그때면 알게 된다
우리가 무엇으로 구성되고, 조성되었는지를,
왜냐면 우리가 자라 나온 원자들은
아무 변화도 침범 못하는 영혼들이기에.

그런데 오, 저런, 그리도 오래, 그리도 멀리
어찌하여 우리는 육체를 참아 왔는가?
육체도 우리의 것, 비록 우리는 아니어도, 우리는
천사, 육체는 천구요2)

우리는 육체에 감사해야 한다. 왜냐면 육체는 이처럼

---

2) 천구는 천사들에 의해 지배되었다. 마찬가지로 육체는 영혼에 의해
   지배되는 것이다.

우리를 우리에게 처음 날라다 주었고,

육체의 힘, 관능을 우리에게 넘겨주었으며,

우리에겐 쇠 찌꺼기가 아닌 합금속이기에.

인간에게 미치는 천체의 영향은,

먼저 공기에 자취를 내지 않고는 그리 작용을 못 하듯,

영혼은 영혼 속으로 흘러들 수 있으되,

영혼은 육체에 먼저 찾아간다.

우리의 피가 되도록 영혼과 흡사한

정기를 낳으려 진통하듯,3)

왜냐면 그런 손가락이 우리를 인간으로

만드는 미묘한 매듭을 짜야 하기에:

이처럼 순결한 연인들의 영혼은

---

3) '정기'란 혈액이 증발한 엷은 증기 같은 것으로 영혼에 작용하여
감각을 낳게 하고 육체의 행동을 수행하게 한다고 생각되었다. 버
튼(Burton)의 『우울의 분석 *Anatomy of Melancholy*』에 의하면 그
것은 영혼과 육체 사이를 연결하는 매개체였다.

애정과 기능에로 내려온다,
관능이 도달하여 알아차릴 수 있도록,
그렇지 않으면 위대한 왕자가 감옥에 갇힌다.

그러니 우리, 육체로 돌아가자, 그리하여
연약한 자들이 계시된 사랑을 보도록;
사랑의 신비는 영혼 속에 자라지만
그러나 육체는 사랑의 교과서이다.

그리고 만일 우리와 같은 어떤 연인이,
이 하나의 대화를 들었다면,
우리를 계속 주목케 하라, 그는 보게 되리라
우리가 육체로 돌아갔을 때에도 별 변화가 없음을.

유언

내가 마지막 숨을 내쉬기 전에, 위대한 사랑의 신이여,
내게 유산을 말하게 하라; 여기 나는 유증遺贈한다.
만일 내 두 눈이 볼 수 있다면, 내 두 눈을 아르고스
에게1)
만일 그것들이 눈멀었으면, 사랑의 신이여, 나는 그들
을 당신에게 준다;
내 혀는 명성에게; 내 귀는 대사들에게;
여자들에게나 혹은 바다에겐, 나의 눈물을.
사랑의 신이여, 그대는 여태껏 나에게 가르쳤다,
스무 남자나 더 갖고 있는 여자를 나로 하여금 섬기게
함으로써
이미 너무 많이 갖고 있는 사람에게만 내가 주도록.

나의 지조를 나는 유성에게 준다;
나의 진실을 궁중에서 사는 사람들에게;
나의 솔직과 관대를

---

1) 그리스 신화에서 백 개의 눈을 가진 인물.

예수회 수도사들에게; 광대들에게 나의 명상을;

나의 침묵을 외국에 갔다온 사람에게;

나의 돈을 캐푸친 수도사에게,2)

사랑의 신이여, 그대는 나에게 가르쳤다, 나로 하여금

사랑이 받아질 수 없는 곳에서 사랑하게 함으로써,

유산을 받을 자격이 없는 사람에게만 주도록.

나의 신앙을 나는 로만 가톨릭 신자들에게 준다;

나의 모든 선행을 암스테르담의

교회분리론자들에게;3) 나의 최선의 친절과

그리고 공손함을 대학에게;

나의 수줍음을 나는 오만한 군인들에게 준다;

나의 인내심은 도박꾼들이 나누어 갖게 하라:

사랑의 신이여, 그대는 내게 가르쳤다, 나로 하여금

내 사랑을 부등不等하다고 여기는 여자를 사랑하게 함

---

2) 가난에 맹세를 한 프란시스코파의 승려.
3) 선행이 아니라 믿음에 의해서만 구원을 얻을 수 있다고 믿었던 극
   단적인 청교도들.

으로써

　내 선물을 모욕이라고 간주하는 이들에게만 내가 주도록.

　나는 내 명성을 내 친구들이었던 이들에게

　준다; 나의 근면은 적들에게;

　대학의 철인들에게는 나의 의혹을 준다:

　내 병은 의사들에게, 또는 무절제한 자에게;

　자연에게는, 내가 시詩로 쓴 모든 것을;

　그리고 내 동료에게는 나의 재치를,

　사랑의 신神이여, 그대는 나로 하여금

　내 안에 이 사랑을 이미 초래했던 여자를 찬미하게 함

으로써

　내가 되찾을 때 마치 주는 것처럼 나에게 가르쳤다.

　다음번에 조종弔鐘이 울리는 자를 위해서는

　나는 내 의학서적을 준다; 내가 쓴

　도덕 지침서는 베드람 정신병원4)에 기증한다;

---

4) 런던에 있는 정신병원

나의 놋쇠 메달들은 빵에 굶주려

사는 이들에게; 모든 외국인들 사이를

오가는 이들에게는, 나의 영어를,

사랑의 신이여, 나로 하여금

그녀의 우정이 더 젊은 연인들에게 적당한 몫이라고

생각하는 여자를

사랑하게 함으로써 나의 선물이 이렇게 어울리지 않게 한다.

그런고로 나는 더 이상 주지 않겠다; 오히려 나는 세상을

죽음으로써 파괴하겠다, 왜냐면 사랑도 죽으니까.

그러면 그대의 모든 아름다움도 더 이상 가치가 없을

것이니

아무도 캐내지 않는 광산의 금처럼

그리고 그대의 모든 매력도 쓸모가 없을 것이다

무덤 속의 해시계마냥.

사랑의 신이여, 그대는 내게 가르쳤다, 나로 하여금

나와 그대를 둘 다 무시하는 여자를 사랑하게 함으로써,

셋을 모두 파멸하는 이 외길을 고안하고 실행하도록.

장례식

누구든지 내게 와서 수의를 입히려는 사람은, 해도 끼
치지 말고
너무 많이 캐묻지도 마오.
내 팔에 감긴 그 절묘한 머리카락의 관을;
그 신비, 그 기적을 다치면 안 되오,
왜냐면 그건 나의 외부 영혼일 뿐만 아니라,
천국에 간 후에는, 이것을 남겨서 이들 수족,
그녀의 영토를 지배케 하고,
소멸로부터 보호하려는 것의 총독이기 때문이오.

그 이유란, 만일 나의 뇌가 떨어뜨리는 근육의 실1)이
모든 부문을 통하여
그 부분들을 묶어서, 통합하여 나를 만들 수 있다면
이 머리카락들은, 더 좋은 뇌로부터 위로 자랐고
힘과 기술을 받아서
그걸 더 잘할 수 있기 때문이요; 이로 인해 내가

---

1) 척수와 신경조직.

내 고통을 알도록 그녀가 의도한 것이 아니라면,

사형수들이, 사형선고를 받았을 때, 수갑이 채워지는 것처럼.

그것으로 그녀가 무엇을 의도했건, 그걸 나와 함께 묻어 주오.

왜냐하면 나는 사랑의

순교자이므로, 그것은 우상숭배를 낳을 수 있소.

만일 이 유물들이 다른 이들 손에 들어가면;

그것에 영혼이 할 수 있는 모든 걸

부여하는 것은 겸손이었던 것처럼,

당신이 나를 조금도 구하려고 하지 않았으므로,

내가 당신의 일부분을 매장하는 것은 다소간 허세이기도 하오.

앵초꽃

이 앵초꽃 언덕 위에
하늘이 비를 뿌리면
빗방울 하나하나는 각자의 앵초꽃을
찾아가 그곳에서 만나 이슬로 변한다오;
그리고 그곳에 이슬 맺힌 무수한 꽃들은
지상의 은하수를 이룬다오,
마치 하늘의 작은 별들처럼,
난 진정한 사랑1)을 찾아 헤매지요; 그런데 난
그녀가 세상의 단순한 여자가 아니고,
세상 여자보다 더하거나 덜한 존재여야 함을 안다오.

그런데도 난 알지 못하오, 어느 꽃을
내가 원하는지; 여섯 잎짜리인지 네 잎짜리인지;
왜냐면 나의 진정한 사랑이 여자 이하라면
그녀는 아무 것도 아니기에; 그래서, 그녀가
여자 이상이라면, 그녀는 성에 관한 모든 생각을

---

1) '진정한 사랑'은 앵초의 또 다른 이름이다.

초월할 것이고, 그리고 내 마음을 움직여 그녀를
연구하게 하지, 사랑하게 하지 않을 것이라 생각하오;
이들 둘 다는 괴물들이요; 여자에게는 반드시
거짓이 있어야 하니, 나는 그녀가 천성보다는 인공으로
거짓되었음을 더 따를 수밖에 없소.

그러니 앵초여, 살아서 번성하라
너의 진정한 수 다섯으로;
그리고 이 꽃이 상징하는 여인들도
이 신비한 숫자로 만족하라;
십은 최고의 수,2) 만약 십의 절반이
각 여인에게 속한다면, 그러면
각자 여인은 우리 남자의 절반을 취할 수 있지요;
아니면, 만일 이것이 여인네들 목적에 맞지 않는다면
모든 수는 홀수이거나 짝수이므로, 그들은 최초로 이

---

2) 10은 가장 보편적인 수로 세상만물을 포함한다. 또한 10은 완벽한
수이고 남성은 완전하고, 여성은 남성과 결합할 때까지 완전하지
못하다고 생각되었다.

다섯3)으로

결부되니까, 여인들은 우리 남성을 모두 가져도 되리다.

---

3) 모든 홀수(여성의 상징)는 모든 짝수(남성의 상징)를 취함으로써 완
전해질 수 있다. (3+2=5; 만약 1을 수의 개념에서 제외시킬 때, 5는
첫 번째 홀수 3과 첫 번째 짝수 2의 결합이다.) 여성은 이미 앵초
꽃잎 5를 가능한 수 10에게 비웠으므로, 나머지 5는 모든 남성을
포함한다. 홀수와 짝수를 결합해서 완전한 수를 만들기 위해서는
여성은 모든 남성을 가져도 된다.

성골聖骨

내 묘가 다시 파헤쳐질 때

어떤 두 번째 손님을 맞이하기 위해서

(묘도 한 사람 아닌 여러 사람에게 침대가 되는

그런 여자 기질을 배웠기 때문에)

그리고 무덤을 파는 사람이

유골에 감긴 빛나는 머리카락 팔찌를 살필 때,

그가 우리를 내버려두지 않을까?

그리고 거기 사랑하던 한 쌍이 누워서,

그들은 이런 방법이 최후 심판 날에

그들 영혼들이 이 무덤에서 만나게 하는 어떤 방편이

될 것이라고

생각했던 것을 추측하고는, 잠시 머뭇거리지 않을까?

만일 이런 일이 그릇된 신앙이

풍미하는 곳에서나 그런 시간에 일어난다면,

우리를 파헤치는 사람은 우리를 자연히

사제나 왕에게 가지고 가리라,

우리를 성골로 만들기 위해서; 그러면

그대는 어떤 막달라 마리아가, 그리고 나는
그로 하여 어떤 다른 것이 되리다;
모든 여인들이, 더러는 남자들도, 우리를 숭배하리라;
그리고 그런 시간에는 기적을 바라는 것이므로,
나는 이 시에 의해 그 시대가 가르쳐지기를 바라고 싶다.
우리 무해한 연인들이 어떤 기적을 이룩했는가를.

첫째, 우리는 훌륭히 그리고 충실하게 사랑했다.
하지만 우리가 무엇을 사랑했는지, 또 왜 사랑했는지
는 몰랐다;
성의 차이를 우리는 몰랐다,
우리의 수호천사들이 모르듯이;
만나거나 헤어지면서, 우리는
어쩌다가 키스를 할 수 있었지만, 하루에 수시로 한
것은 아니었다.
최근에 법이 약탈했지만, 자연이 해방하는
도장에 우리는 손을 댄 일 없었다.
이런 기적을 우리는 이룩했다; 그러나 이제는 슬프구나,

모든 한계와 모든 언어를 나는 뛰어넘으리라,

그녀가 어떤 기적이었나를 내가 말한다면.

분해

그녀는 죽었다; 그리고 죽는 것은 모두
그들 최초의 원소로 분해된다;
그리고 우리는 서로에게 상호적인 원소였고
서로에 의해 만들어졌다.
내 육체는 그러므로 그녀의 것을 포함하고,
나의 구성 원소들은, 여기에
내 안에서 무성히 자라, 부담스러워져서,
영양을 주지 못하고, 다만 질식시킨다.
내 열정의 불꽃, 한숨의 바람,
눈물의 물, 그리고 지상의 슬픈 절망
이런 것들이 나를 이루는 요소들이지만
(그러나 사랑을 유지하는 데 거의 소모되어서),
그녀는 죽음으로써 원소로 돌아갔지만, 내게는 손실뿐;
그리고 난 비참하게 오래 살지도 모른다,
내 불길을 내 연료로 연소시키지 못하면.
이제, 저 행동하는 제왕들이
외국을 정복하여 보물을 가져옴에 따라,
더 많이 받아서, 더 많이 쓰고, 그리고 가장 빨리 파산

하듯이:

　　이것은 (이걸 내가 말할 수 있음에 스스로 놀라지만)

　　그녀의 죽음은, 내 창고의 저축과 함께

　　내 소비도 증가시켰다.

　　그리고 내 영혼은, 더욱 열렬히 풀려나서,

　　그녀의 영혼을 추월하리라; 먼저 날아간 총알을

　　나중 날아간 총알이, 화약이 더 많으면, 앞지를 수 있

듯이.

보내온 흑옥 반지

너는 내 심장만큼 그렇게 검진 않다,

그녀의 심장 절반만큼도 그리 쉽게 부서지지 않는다;

너는 무엇을 말하려는가? 우리 둘의 마음을 그대는 말
해 주려는가,

아무 것도 더 이상 무한하지 않고, 아무 것도 더 빨리
깨지지 않는다고?

결혼반지는 이런 걸로 만드는 게 아니다;

오, 어째서 덜 귀중하고 덜 단단한 것이

우리 사랑을 말하려는가? 네 이름을 차치하고도, 너는
그걸 이렇게 말하게 한다,

"나는 싸구려예요, 유행밖엔 아무 것도 아니죠, 나를
던져버리세요."[1]

그렇지만 네가 온 이상 나한테 있으렴,

그녀의 엄지손가락을 끼웠듯이,[2] 이 손가락 끝을 끼우고

---

1) 흑옥(jet)과 불어의 '던져버리다'('jette')와 동음인 것을 이용한 동음
   이의(同音異義)의 익살(pun).

있으렴.

올바르게 자랑하고, 안전을 즐기렴, 네가 나와 함께 산
다는 걸,

아, 신의를 깨트린 그녀는 너를 곧 깨트릴 테니.

---

2) 챔버스(Chambers)에 의하면 부유한 시인들은 엄지손가락에 반지를
   끼는 것이 보통이었다고 하며, 이 구절로 여인들도 엄지가락지를
   끼었음을 암시하고 있다.

부정적 사랑

나는 결코 그렇게 낮게 내려앉은 적이 없었소,

그들이 눈과 뺨과 입술을 목표로 하듯이;

미덕이나 정신을 찬미하는 이상으로 높이 날지 않는

그들에게 좀처럼 낮게 내려앉은 적이 없었소,

관능이나 이성은 무엇이 그들의 정화情火를

불태우는가를 알기 때문이오.

내 사랑은, 어리석긴 하나, 더욱 용감하오,

내가 열망할 때마다 난 목표를 놓치니까,

내가 무얼 가질 것인가 내가 안다 하여도

만약 그것이 단지 가장 완벽한 것이라면

부정적인 면1)으로밖에 도저히 표현할 수 없다는 것이,

내 사랑이 그런 것이오.

모든 이들이 사랑하는 긍정적인 모든 것을 나는 부정하오.

---

1) 스콜라 철학의 형이상학에서 신(神)만이 유일하게 절대적으로 완전 무결한 존재이므로 신(神)을 정의하는 방안으로 부정적인 면에 의거해서 인간적인 것과 구별하였다. 완전무결한 신성(Godhead)을 더 이상 설명할 수 없으므로, 부정적인 언어로 표현해서, 필연적인 무(無)의 개념으로 파악한다.

만일 누군가가 우리가 알지 못하는 우리 자신을
가장 잘 판독하여 알 수 있다면,
그로 하여금 내게 그 없음無을 가르치게 하오; 이는
그래도 나의 평안이고 위로이니;
내가 성공하진 못해도, 실패할 수는 없소.[2]

---

2) 순수한 사랑은 단적인 정의를 내릴 수 없는 것으로, 상황이나 관계
이지 주어진 목표를 달성해 내는 욕망이 아니다(A.J. 스미스).

계산

어제부터 처음 이십 년 동안,

나는 그대가 떠나갈 수 있음을 믿지 않았소;

사십 년 동안을 더, 난 과거에 애착을 두었고,

그리고 사십 년을 그대도 지속하리라 믿어 줄 희망 속
에 살았소.

눈물이 백 년을 삼켰고, 한숨이 이백 년을 날렸소.

천 년을, 나는 생각도 행동도 하지 않았소,

아니, 모두가 그대에 대한 생각 하나로, 세월을 나누어
셈하지도 않았소.

아니, 천 년을 더, 그것도 잊었소

그래도 이걸 긴 인생이라 부르지 마오; 단지 내가

죽음으로써 영생할 것을 생각하오; 유령들이야 죽을
수 있겠소?

사랑이여 안녕

아직 경험이 없을 때,

나는 사랑 속에 어떤 신이 존재한다고 생각했소,

그래서 나는 경의를 표했고, 그리고

숭배했소; 무신론자들이 죽어 가는 시간에

그들이 무엇이라 이름 부를 수 없는, 미지의 힘을 부

르듯이,

내가 알지 못한 채 열망했던 것처럼;

이렇게 아직

미지의 것들을 인간들이 다투어 탐할 때,

우리의 욕망은 그들에게 형태를 부여하고, 그래서

욕망이 적어지면, 그들도 감소하고, 욕망이 커지면, 증

가한다오.

그러나, 지난번 장날에 산

황금의자에 앉은 임금님을

아이들이 사흘 후에는 거들떠보지 않는 것처럼

연인들이 그토록 맹목적으로 찬미하고

그런 경배로 구애하던 것을;

소유하면, 즐거움이 쇠퇴한다오:

그런고로,

예전에 모든 감각을 즐겁게 했던 것은, 이제 단 하나

의 감각만을 즐기게 하오.

그것도 그렇게 불완전하게, 일종의 서글픈 둔감을

마음에 남겨놓듯이 말이오.

아, 우리는

수탉이나 사자들처럼 그런

쾌락 후에 즐거울 수가 없는 것인가? 만일 현명한

자연이 명하지 않는다면 (그런 행위는 한 번마다

수명을 하루씩 단축시키는 것이라는 말이 있기에)

이를; 자연이 하듯 인간도 그 놀이를

경멸해야 할 것을,

왜냐하면 그 놀이의 쾌락을 단축한 그 저주와

단지 잠시 동안만 자손을 얻으려는

욕망을 열렬하게 만든 때문이라오.[1]

---

[1] 논란이 많은 구절. 성행위의 짧음이 인간의 욕망을 자극해서 반복

그러니 이제, 내 마음은

아무도 알 수 없는 것을 원하지 않을 테요;

나는 더 이상 맹목적으로 사랑하지 않을 것이고,

내게 상처를 준 것을 쫓아 달리지도 않겠소,

그리고 마음을 움직이는 미인들을 만났을 때도,

여름 태양이 강렬해질 때

사람들이 하듯이

내가 그 위대함을 감탄해도, 그 열기는 피할 것이요;

어떤 곳이건 그늘진 곳이 있게 마련이오. 만일 모두가
실패한다면,

남근에 성욕 절제약을 바르는 수밖에 없는 일이요.

하고 싶게 만든다. '자손을 얻으려는' 욕망이란 성교를 하기 위한
냉소적 완곡어법이다.

그림자에 관한 강의

가만히 서 있으시오, 그러면 내가 그대에게
사랑하는 이여, 사랑의 철학강의를 해주리다.
우리가 여기서 걸으며 보낸 세 시간 동안
두 그림자가 줄곧 우리를
따라다녔소, 그건 우리 자신들이 만든 거였소;
그러나 지금 태양은 바로 우리 머리 위에 있고,
우린 이들 그림자를 밟고 있소;
그리고 창창한 밝음에 만물은 명확히 드러나 있소.
그래서 우리 초년의 사랑이 자라는 동안,
변장을 했고, 그리고 그림자들은, 우리와
우리의 염려로부터 흘러갔소; 그러나 지금은 그렇지
않소.

그 사랑은 최고의 경지까진 이르지 못했소,
다른 이들이 보지 않도록 아직 애쓰고 있으니,

이 정오에 우리 사랑이 머무르지 못하면,
우리는 새로운 그림자를 다른 쪽으로 만들 것이오.

처음 것은 다른 이들이 보지 못하도록

만들어졌는데, 뒤에 오는 그림자들은

우리 자신에게 작용해서, 우리 눈을 가리울거요.

만일 우리 사랑이 약해져서, 서쪽으로 기운다면,

그대 나에게, 거짓으로, 그대의 행동을

그리고 나는 그대에게 나의 행동을 감출 것이오.

아침 그림자는 짧아지며 사라지지만,

오후의 그림자는 온종일 점점 더 길어지지요,

그러나 아, 사랑이 쇠하면, 사랑의 날은 짧기도 하구려.

사랑은 성장하는, 아니 변함없이 가득 찬 빛이요;

그리고 정오가 지난, 그 순간에 밤이 오는 것이라오.

소네트. 사랑의 징표

내게 사랑의 징표를 보내 주오, 내 희망이 살 수 있도록,
아니 내 불안한 생각이 잠들고 쉴 수 있도록;
내게 꿀을 좀 보내 주오, 내 벌집을 달게 만들고,
내 열정 가운데 최선을 내가 바랄 수 있도록.
그대 자신의 손으로 엮은 리본도 나는 원치 않소,
우리 사랑을 첫사랑을 느낀 젊은이의 환상적인
가락으로 짜놓기 위해서; 우리 애정의 정도를 표시하는
반지도 원치 않소, 반지가, 둥글고 꾸밈없는 것처럼,
그렇게 우리 사랑도 순수하게 이루어져야 하오;
아니, 그대 손목에 감겨 있는 조화롭게
세공된 산호 팔찌도 원치 않소,
우리 생각이 동일하게 정착함을 표시하기 위해서;
아니 그대의 초상도 원치 않소, 가장 뛰어난 모습에
가장 흡사하여
가장 우아하고, 가장 바람직할지라도;
아니 재치 있는 시도 원치 않소, 그대가 보내온
글월 중에서 가장 내용이 풍부한 것일지라도.

내 창고를 늘리기 위해서 이런 저런 것도 보내지 마오,

오직 내 사랑을 믿는다 맹세만 하오, 그것으로 족하니.

Ⅱ 애가哀歌

애가 3
-변화

비록 그대의 손과 믿음과, 선행까지도,
아무것도 풀 수 없는 그대의 사랑을 봉했다 할지라도,
실로 그대가 물러선대도, 그 변절이
그대 사랑을 믿게 한대도; 그래도 무지, 무지 나는 그
대를 두려워하리.
여인들은 예술과 같아서, 아무에게도 강제로 속하지 않고,
모든 찾는 이에게 열려 있고, 알지 못하면, 상 받지 못
하는 것.
만일 내가 한 마리 새를 잡았다가, 날려 보낸다면,
다른 새잡이가 이 같은 방법을 써서, 내가 한 대로,
똑같은 새를 잡을 수도 있으리; 또 이와 마찬가지로,
여자들은 남자들을 위해서 만들어졌지, 그나 나를 위
해서가 아니라.
여우와 염소, 모든 짐승들이 제 좋을 대로 변하듯,
이들보다 더 뜨겁고, 교활하고, 야성적인 여인들이,
한 남자에게 매여 있을까, 또 자연은 그래서
여유 있게 여인들을 남자들보다 더 적절히 인내하도록
만들지 않았나?

여인들은 우리의 짐, 또 자신들의 것; 만일 한 남자가

갤리선1)에 사슬로 묶였다면, 그래도 갤리선은 자유롭

다;

누가 경작지를 가지고, 그의 모든 곡물 종자를 거기다

뿌리고,

그리고도 그의 밭이 더 많은 곡물을 생산해야 한다고

생각는가;

다뉴브강은 마땅히 바다로 흘러가야 하지만,

바다는 라인강, 볼가강, 그리고 포강을 받아들인다.

자연에 의해, 주어진 것, 이 자유를

그대는 사랑하리, 그러나 아! 그대는 자유와 나를 사랑

할 수 있을까?

유사성이 사랑을 굳게 한다: 그러니 그대가 그렇게 한

다면,

우리를 비슷하게 만들어 사랑하기 위해, 나도 또한 변

해야 할까?

그대의 증오보다 더, 나는 그걸 증오하네, 차라리 내게

---

1) 옛날에 노예나 죄수에게 젓게 한 노가 있는 돛배

그녀가 변하도록 허용하게 해, 그녀만큼 자주 변하기
보다,
그러니 가르치지 말고, 내 의견을 강조하게
아무나 사랑하지도, 모두를 사랑하지도 말게.
한 나라 안에서 사는 건, 속박이요,
모든 나라를 돌아다니는 건, 거친 방랑이라;
물은 곧 썩는다, 만일 한 곳에 고여 있다면,
또 망망한 바다에선 보다 짜게 만들어진다:
그러나 물이 어떤 둑에 입 맞추고, 이를 떠나 갈 때
결코 뒤돌아보지 않고, 다음 둑에 입 맞추지,
그러면 그 물은 가장 순수한 것; 변화란
음악, 기쁨, 인생과 영원의 온상이다.

애가 5

-그의 초상

여기 내 초상¹⁾을 가져가오, 비록 내가 작별을 고하지만;

그대 것은, 내 가슴속에, 내 영혼이 거하는 곳에, 거하리다.

이건 지금 나와 같소, 그러나 내가 죽으면, 그 이상이

되리다

그 이전보다, 우리 둘²⁾ 다 그림자가 될 때에.

풍상을 겪은 내가 돌아왔을 때; 내 손은,

아마도 거친 노에 찢기거나, 태양 빛에 그을리고,

모피 같은 내 얼굴과 가슴, 또 내 머리는

근심의 발진으로 금세 백발로 뒤덮이고,

내 육신은 한 자루의 뼈다귀, 속은 부서진 채,

또 가루의 푸른 반점들이 내 피부에 번져 있으리;

만약 경쟁하는 광대들이 그대에게 한 남자를 사랑했다

고 비난한다면,

그렇게 추하고, 천하게, 아, 그때 내가 그렇게 보였을

텐데,

---

1) 연인들 간에 서로 떨어져 여행을 떠날 때 소형 초상화를 선물하는
   것이 유행이었다.
2) 둘의 그림자들이란 초상화와 죽은(혹은 멀리 떠나서 보지 못할 때)
   시인의 유령을 말한다.

이것이 내 과거가 어떠했는지를 말해주리라: 또 그대
는 말하리요,

그의 상처가 내게로 오는가? 내 가치가 쇠락하는가?

아니면 그 상처들이 그의 판단력에 미치어, 그가

이제 덜 사랑해야겠다고, 그가 사랑해서 보고 싶던 것
을?

그의 속에 있던 것은 아름답고 고왔지만,

단지 우유였고, 사랑의 유아기 적에

그걸로 양육했고: 지금은 충분히 강하게 성장하였소

익숙하지 못한 취향에는 거칠게 보이는 것들을 먹고
살만큼.

애가 6

오, 제가 그렇게 섬기지 않게 하오, 저 사람들이 섬기
듯이
　명예의 연기가 동시에 살찌우고 굶게 하는 사람들을;
　위대한 사람들의 말과 모습으로 서투르게 장식된;
　또는 그대가 사랑하는 책 속에 내 이름을 그렇게 쓰지
도 마오
　저 우상숭배하는 아첨꾼들처럼, 항상
　그들 군주의 스타일로, 많은 영토를 가지고 수행하여
　그곳에선 그들은 아무런 공물도 없고, 따라서 소동도
없소.
　그들 스스로 지불하게 할 그런 봉사를 나는
　제공할 것이오, 나는 죽은 이름을 싫어하오: 오 그러니
나로 하여금
　평범하게 사랑 받는 사람이 되거나, 아니면 사랑 받지
말게 하오.
　내 영혼이 그녀의 육신 속에 들어 있었을 때,
　맹세로 약혼을 하거나, 입맞춤으로 숨을 들이마시지도
않았는데

내 연옥 속으로, 믿지 못할 그대를,

그대 심장은 밀랍 같았고, 그대 정조는 강철 같았소

그렇게, 부주의한 꽃들은 수면 위에 흩뿌려져 있다가,

굽이치는 소용돌이가 빨아들이고, 키스하고, 포옹하지만,

꽃들을 수장시킨다오; 그러니, 촛불의 빛나는 눈은

　호색적으로 반짝이며, 현기증 나게 하는 나방을 손짓

하여 부르지만,

　그의 날개를 태운다오; 또 악마가 그러하오,

전적으로 자신의 것들을 좀처럼 방문하지도 않으면서.

내가 시냇물을 바라볼 때, 샘물로부터,

의심스런 멜로디로 졸졸 소리 내며,

혹은 무언의 졸음 속에서, 조용히 올라타는데

　그녀의 결혼한 수로의 가슴을, 그리고 나선 꾸짖고

　그녀의 눈썹을 찌푸리고, 그리고 부풀지요 만약 어떤

나뭇가지가

　그녀의 제일 위쪽 눈썹에 키스하려고 몸을 굽히기만

하면:

　그러나, 만약 그녀의 종종 갉아먹는 키스가

배반하는 강둑이 입을 벌리도록 만들고, 그녀를 받아
들이면,

그녀는 격렬하게 돌진하여, 떼어놓지요

그녀를 그녀의 고향으로부터, 또 그녀의 오랜 행로로부터,

그리고 포효하고, 또 행로와 맞서고, 또 용감하게 비난
하며,

아첨하는 소용돌이 속에서 돌아올 것을 약속하며,

그녀는 수로를 모욕하여, 그 후론 마르게 하지요;

그래서 나는 말하오: 저것(시냇물)은 그녀, 이것(수로)
은 나라고.

하지만 그대의 깊은 비통함이 낳게 하지 마오

내 안에 경솔한 절망을, 왜냐면 그것이 자극하여

내 마음을 경멸하게 만들 것이오; 또한 아, 고통으로
무디어진 사랑은

결코 현명하지도, 경멸처럼 잘 무장되지도 못한다오.

그러면 나는 새로운 눈으로 그대를 조망하고, 알게 될
것이오

그대 뺨 속에 죽음과, 또 그대 눈 속의 암흑을.

희망이 믿음과 사랑을 낳긴 하지만; 이렇게 가르쳤소,
나는

　로마로부터 국가들이 한 것처럼, 그대 사랑으로부터
몰락할 것이오.

　나의 증오는 그대의 증오를 압도할 것이고, 또 완전히

　나는 그대의 희롱을 포기할 것이오: 또 내가

　영국국교도가 아닌데,1) 그 단호한 상태에서,

　파문을 당한들 무슨 상처를 입겠소?

---

1) 영국국교 기피자, 특히 로마 가톨릭 교도로서 영국국교 예배를 거
　절하는 자.

애가 7

자연이 낳은 천치, 나는 그대를 사랑하라 가르쳤는데,

그 교활한 기술로, 오, 그대는 증명했소

너무나 미묘하게: 백치, 그대는 알지 못했소

눈이나 손의 신비스런 언어를:

또 그대는 한숨의 공기 차이도 분별하지 못하고,

말하지요, 이건 거짓말이고, 이건 절망의 소리라고:

또는 눈물이 질병임을 알지 못하고[1]

지독하게 뜨겁거나, 열병처럼 변한다고,

나는 그때 그대를 가르치지 않았소, 꽃의

철자를, 어떻게 그들이 상징적으로 놓여지고

묶여져서, 말 없는 비밀로

침묵으로, 서로간에 심부름을 할 수 있는지.

그때를 기억하오 그대의 모든 말이 과거에

모든 구혼자에게, 그래요, 제 친구들이 동의하면 이었

음을;

가정의 주문은, 그대 배필의 이름을 가르쳐주는 것이

---

1) 의사가 환자의 소변검사로 진단을 하듯, 사랑의 상태를 연인의 눈
물로 진단을 시도한다.

었기에,2)

　모든 사랑의 게임은, 그대 기지로 생각해낼 수 있는 것이었음을;

　그리고 그 이래로, 한 시간의 대화가 겨우 만들어 낼 수 있었던 건

　그대의 한 가지 대답, 그리고 잘못 배열된

　엉터리 속담들, 토막 난 낱말들.

　그대는 그 많은 의무로 인하여 그의 것이 아니요,

　세상의 공유지로부터 그대를 떼어내어,

　그대를 숨겨 놓았소, 보이지도 않고, 보지도 못하게,

　내 것으로: 애정 어린 솜씨로

　그대를 축복의 천국으로 만들어 놓았소.

　그대의 우아함과 수려한 말들은 나의 창조물이고;

　나는 그대 안에 지식과 생명의 나무를 심었소,

　그것을 오, 낯선 이들이 맛보게 하겠소?, 아아 내가

　금잔이나 은접시에 에나멜 칠을 해서, 유리잔으로 마셔

---

2) 어느 성인의 명절날에 가정 놀이로서, 처녀들이 그들 배필이 될 사
　람의 이름을 알아맞히는 것.

117

야 할까?3)

　타인의 인장을 위해 밀랍에 열을 가할까? 망아지의 힘을 빼고

　승마 준비가 된 상태로 놔두고, 그 말을 떠나야 하겠소?

---

3) 금잔이나 은접시를 만들어 에나멜 칠로 장식해 놓고, 유리잔으로나 마셔야 하나?

애가 9
– 가을 색

어떤 봄이나, 여름의 아름다움에도 이런 우아함은 없소,
내가 어느 가을의 얼굴에서 본 것 같은.
젊은 미인들은 당신의 사랑을 강요하는데, 그건 강탈
이오,
이건 권고일 뿐, 그래도 당신은 피할 수 없소.
사랑하는 게 창피라면, 여기선 창피할 게 없소,
애정은 여기서 존경의 이름을 취하오.
그녀의 초년기가 황금기였다고; 그건 사실이오,
그러나 지금 그녀는 연거푸 검증된 황금이고, 항상 새
롭소.
그때는 그녀의 열렬하게 불타는 시절이었고,
지금은 그녀가 견딜 만한 열대성 기후라오.
아름다운 눈동자여, 게서 나오는 것보다 더 뜨거운 열
기를 원하는
남자는 열병을 앓으면서 역병을 원한다오.
이 주름살을, 무덤이라 부르지 마오; 만약 무덤이라면,
사랑의 무덤이요; 그렇지 않다면 그는 어디에도 없는
것이기에.

하지만 사랑은 여기 죽어 누워 있지 않고, 여기에 앉아서

은둔자처럼, 이 참호에 맹세하였소.

그리고 여기서, 그녀의 죽음이, 곧 그의 죽음이, 올 때

까지,

그가 무덤을 파는 게 아니라, 묘를 세우는 거라오.

그는 이곳에 거하오, 비록 그는 도처에 머물지만,

여행 중에는, 그의 거주지는 이곳이오.

이곳은, 고요한 저녁; 정오도 아니고, 밤도 아닌;

육욕은 없고, 온통 희열뿐인 곳.

듣는 모든 이에게 적절한, 그녀의 모든 담화를,

당신은 연회나, 회의 장소에, 앉아 들을 수 있소.

이것은 사랑의 목재, 청춘은 그의 덤불;

거기서 그는, 유월의 포도주처럼, 피가 끓어,

가장 적절한 시기가 오지요, 우리의 식욕과

다른 것들에 대한 입맛을 잃을 때.

크세르크세스 왕이 리디아에서 찾은 이상한 사랑인,

플라타너스 나무는,[1]

---

[1] 고대 페르시아의 크세르크세스 왕은 그리스로 행군하는 도중 리디

나이 많아 사랑을 받았소, 어느 것도 그만큼 큰 것은
없었기에,

아니면, 젊다고 해서, 자연이 축복했소

그녀의 젊음을 연륜의 영광인, 불모성不毛性으로.[2]

만약 우리가 오래 추구한 것을 사랑한다면, 그건 연륜
이요

우리가 오십 년 걸려 이해하는 것.

만약 만물이 덧없이, 곧 쇠퇴하는 것이면,

연륜은 최후의 날에 가장 아름다운 것.

그러나 피부가 늘어진, 낭비의 지갑처럼, 야윈;

겨울 얼굴이라 부르지 말고; 영혼의 자루라 불러주오;

그 눈은 내부의 빛을 찾고 있소, 여기는 모두 음지이
므로;

그의 입은 만들어졌다기보다 닳아빠진 구멍이요;

그의 이빨은 여러 군데 빠져 있어,

아에서 발견한 큰 나무를 황금으로 단장하고 보호했는데, 그 나무
는 '불모'였다.

2) 던은 여기서 임신보다 '불모성'을 모순적으로 축복이라 말한다; 애
인한테서는 임신을 원하지 않기 때문에.

부활할 날에 그들의 영혼을 찾으려 애태우지요;3)

이들 살아 있는 죽음의 머리들을 내게 부르지 마오,

왜냐하면 이들은, 오랜 것이 아니라, 골동품이기 때문

이오.

나는 극단을 싫어하오; 그래도 난 차라리 머물 테요

요람보다는, 무덤에, 하루를 보내기 위해.

이와 같은 사랑은 자연의 운동이기에, 여전히

내 사랑은 하강하여, 언덕 아래로 여행해도 좋으리,

성장하는 미녀들의 뒤를 따라 헐떡이지 않고, 그래서,

나는 귀향하는 이와 함께, 밀려나가리다.

---

3) 마지막 심판의 날에 영혼은 육체와 함께 부활을 기대한다.

애가 10

– 꿈

내가 사랑하는 그녀의 심상은,1) 그녀 자신보다 더,

그녀의 아름다운 인상은 나의 충실한 가슴속에,

나를 그녀의 메달이 되게 하고, 그녀가 날 사랑하게

만드오,

마치 왕들이 주화에다 그들의 초상을 새겨 가치를 나

타내듯이:2)

가시오, 지금부터 내 심장을 가져가시오,

이젠 나에게 너무나 크고 훌륭하게 자랐기에:

명예는 연약한 정신을 억누르고, 강한 대상물은

우리 감각을 무디게 하니; 많을수록, 우린 더 적게 본

다오.

그대3)가 가버리면, 이성도 그대와 함께 사라질 때,

그땐 환상이 여왕이고, 영혼이고, 전부요;

그녀는 그대보다 더 평범한 기쁨을 줄 수 있소;

---

1) 정신적이고 이상화된 여인의 상
2) 국왕은 자신의 초상화를 새겨 처음 통화의 가치를 부여하는 것같이
3) 심장; 당시에는 심장을 이성의 원천으로 생각했다.

적절하고, 더욱 균형 잡히게.

그러니, 내가 당신을 가진다는 꿈을 꾸면, 난 당신을
가진 거요,
왜냐면, 우리 모든 기쁨은 오직 환상이기에.
그렇게 나는 고통을 피한다오, 고통은 사실이기에;
그리고 감각을 가두는 잠은, 모든 걸 잠가 버린다오.

그런 결실을 맺은 후에 나는 잠에서 깨어나리다,
그리고, 깨어남은 아무것도 후회하지 않으리다;
또한 사랑하는 이에게 더욱 감사로 가득 찬 연가를 쓰리다,
보다 많은 명예, 눈물, 고통이 소비되었을지라도.

그러나 가장 사랑하는 심장이여, 더욱 사랑스런 심상
이여 머물러 주오;
아, 진정한 기쁨도 기껏해야 꿈인 것을;
비록 그대가 여기 머물지라도 그대는 너무 빨리 지나
가 버리는 걸:

애초에도 인생의 촛불은 심지에 불과하기 때문이오.

그녀의 사랑으로 채워진다면, 나는 차라리 미쳐 버리겠소.

큰 심장을 가지고, 아무것도 없는 백치보다는.

애가 17

– 다양성

천체는 운행을 즐기는데, 왜 나는
내가 그토록 좋아하는 다양성을 포기해야 하나,
또 청춘과 사랑을 많은 이와 나누지 말아야 하나?
다양하지 않다면, 즐거움은 없는 것:
광선의 옥좌에 앉아 있는 태양은
무엇이든 그밖에 빛나는 것처럼 보이는 것에 불꽃을 쏟는다,
오직 한 여관에 묵는 것으로 만족하지 않고,
그 해를 마감하고 그리고 새 것으로 시작한다.
만물은 기꺼이 변화를 즐긴다,
우리 입맛에 맞는 열매가 잘 여는 근원:
강물이 더 맑으면 또 더욱 즐거운 것,
그 아름답게 펼쳐지는 시냇물이 넓고 멀리 흐르는 곳;
그리고 어떤 언덕도 인사하지 않는 죽은 호수는,
스스로 썩고 또 그 안에 사는 것도 썩는다.
아무도 그런 걸 아름답다고 내게 말하게 하지 말라,
또한 내 사랑을 나누는 데 비교가 안 되는 유일한 가
치라고

그녀의 본성은 자유로운 역할을 했다

친절한 애인으로서, 그리고 그녀의 기술을 사용했다

그녀를 사랑스럽게 만들기 위해, 또 나는 주장하지 않
는다

그녀로부터 등을 돌리는 게 인간적이라고:

나는 그녀를 참 사랑한다, 또 만일 필요하다면, 죽을
거다

그녀에게 봉사하기 위해. 그렇지만 내가 그녀를

오직 봉사하는 조건이라야 한다, 내가 선택권을 가질
수 있을 때?

법은 어렵다, 그래서 내 청원을 듣지 않을 거다.

모든 극단적인 것 중에 내가 가장 최근에 본 이는 아
름답다,

그리고 나를 태양 빛나는 그녀의 머리카락 속에 포옹
한다;

그녀의 요정 같은 모습은 그런 약속을 갖게 한다

내가 감히 그녀와 함께 무덤까지 갈 수 있다고:

다른 갈색 머리라도, 나는 여전히 그녀를 좋아한다,

그녀의 말은 부드럽고 나와 대화가 된다.

다른 이들은, 좋은 가문에서 왔기 때문에,

내 사랑에서 큰 몫을 차지한다;

그리고 그들은 아름답진 않지만, 나와는

그들의 신분으로만 그들의 사랑을 얻는 정도다.

그리고 비록 나는 나의 요구되는 목적은 미치지 못하지만,

의도는 빛나고 적합하다.

고대에 우리 조상들은 얼마나 행복했던가,

복수의 사랑이 범죄가 아니었으니!

그들에겐 자비로 여겨졌었다

애들을 모두 종족의 구별 없이 낳는 것이;

친척들은 결혼에서 면제되지 않았었고:

페르시아에서는 아직도 관습으로 유지된다.

여자들은 그때 청혼하기가 무섭게 차지되었다,

그리고 그들이 한 건 정직하고 잘한 일이었다.

그러나 이 명칭의 명예가 사용된 이래로

우리의 약한 경신은 악용되었다;

자연의 황금 법칙은 폐지되었다,

우리의 첫 조상들이 그렇게 존중했던 것을;

우리의 자유가 뒤집혔고, 우리의 특권이 없어졌다,

그리고 우리는 평판의 하인들이 되었다,

아무런 고정된 옷을 입지 않은 괴물,

또한 근원을 매우 알고 싶어 한다,

처음엔 형태가 없지만, 유행에 따라 성장한다,

그리고 예절과 법도를 나라에 처방한다.

여기서 사랑은 불치의 상해를 입었다,

그리고 그의 용감한 팔을 빼앗겼고,

더 큰 결핍은 그의 용감한 시선이다,

그는 날아갈 이런 대단한 날개들을 잃었다;

그의 강건한 활, 그리고 저 영원불멸의 화살들

그것들로 그는 저항하는 심장을 상처 내곤 한다.

오직 그들 중 강하고 자유로운 얼마가

태곳적 자유의 씨앗을 유지한다,

사랑의 그 부분을 비록 추종자가 거의 없지만 따른다,

또 그들 가슴 안에 그를 위한 옥좌를 만든다,

현대적인 금기에도 불구하고 그에게 그들의

주권을 공언하며, 그에게 모든 봉사를 허용한다.

이 무리 중에 비록 나는 조금도 아니지만,

최선과 완벽하게 동등하다,

나는 그의 손의 영역을 기뻐한다,

그의 최소한의 명령도 결코 언제나 거절하지 않았다:

왜냐면 전갈이 어떤 형태로 왔던지

내 가슴은 열렸고 그 불꽃을 받아들였다.

그러나 시간은 그의 경과에서 한 가지를 알아보리라

언제 내가 이 사랑스런 봉사를 거절해야 하는지,

왜냐면 우리 동맹은 일시적인 것이니까,

더 강한 시대가 우리 자유를 돌려준다.

세월의 시간과 판단에 우리가 정착한 것은,

그렇게 쉽사리 변화로 처리되지 않을 것이다,

여러 눈을 맞추는 기술도 아니고;

진정한 가치의 아름다움을 성실하게 평가하며,

어떤 이에게서 결합된 것을 발견하는 것은,

우리는 그녀를 언제나 사랑하고, 또 그녀만을 사랑할

것이다.

애가 19
- 잠자리에 드는 애인에게

오시오, 부인이여, 오시오, 모든 휴식을 내 힘이 도전
하오,
내가 노동하고, 내가 고통 속에 누워 있을 때까지.
적은 때때로 적을 눈앞에서 보면,
비록 결코 다투지 않아도 서있는 것으로 지친다오.
하늘의 은하수처럼 번쩍이는, 그 거들을 벗으시오,
보다 훨씬 아름다운 세계를 에워싸고 있는.
그대가 입고 있는 반짝이 달린 가슴 장식의 핀을 뽑으
시오,
살피는데 분주한 바보들의 눈이 그곳에 멈추도록.
옷을 벗어요, 그 조화로운 장식 소리가
그대로부터 내게 알리오, 지금 그대가 잠잘 시간이라고.
그 행복한 속옷을 벗어요, 내가 부러워하는,
항상 그렇게 가까이 있을 수 있고, 또 항상 설 수 있는.
그대의 가운이 벗겨지면서, 그토록 아름다운 자태가
드러나오,
꽃 핀 초원으로부터 언덕의 그림자가 사라질 때처럼.

그 철사 같은 관을 벗고 보여주오

그대 위에서 자라는 머리카락의 왕관을;

이제 신발도 벗고, 그리고는 안전하게 밟으시오

이 사랑의 성전에서, 이 부드러운 침대를.

그렇게 하얀 옷을 입고 하늘의 천사들은 남자들에게

영접 받곤 했었소; 천사인 그대는 그대와 함께 가져오

는구려

마호메트의 천국 같은 하늘을; 그리고 비록

악령들도 흰옷을 입고 거닐지만, 우리는 쉽게 알지요

이것으로서 악령으로부터 이들 천사들을,

전자는 우리의 머리카락을 세우고, 후자는 우리의 육

체를 세운다는 걸.

나의 더듬는 두 손을 허락하오, 그리고 그들을 가게 하오

앞으로, 뒤로, 사이로, 위로, 아래로.

오 나의 아메리카여, 내가 새로 발견한 땅이여,

나의 왕국, 남자가 하나일 때 가장 안전한 곳,

나의 보석의 광산, 나의 제국이여,

이렇게 그대를 발견하는 나는 얼마나 축복을 받았는가!

이들 속박으로 들어가는 것은, 자유로운 것;

그러므로 내 손이 놓인 곳에, 내 도장이 찍히리.

완전한 나체, 모든 즐거움은 그대 덕분이오.

육체를 벗어난 영혼처럼, 육체도 옷을 벗어야 하오,

완전한 기쁨을 맛보기 위해. 그대 여인들이 사용하는 보석들은

아탈란타의 공들처럼, 남자들 시야에 던져져서,

한 바보의 시선이 보석 위에 떨어질 때,

그의 속된 영혼이 여자들이 아니라, 그들의 보석을 탐하게 되리.

그림들처럼, 아니 책의 화려한 표지처럼 속된 이들을 위해

만들어진 것처럼, 모든 여인들은 그렇게 차려졌소;

그들 자신이 신비한 책들마냥, 우리들만이

그들이 전가한 은총을 위엄 있게 하고

나타난 대로 보아야 하리. 그러니 내가 알 수 있도록,

자유롭게, 산파에게 하듯이, 보여주오

그대 자신을: 모두 던져버리시오, 그래요, 이 하얀 린
넨 옷가지도,

　　여기엔 순결로 인한 고행은 없소.

　　그대를 가르치려고, 내가 먼저 벗었소, 그러니 무엇 때
문에

　　그대가 남자보다 더 가릴 필요가 있으리요.

Ⅲ 성가聖歌

거룩한 소네트

1. 화관

제 손에 기도와 찬미의 이 왕관1)을 허락해 주소서,

저의 미천하고 경건한 마음으로 짜여진 것을,

선함이신 당신은, 진실로, 보배이시니,

만물은 변함없이 예부터 항상 계신 이2)를, 바꾸고 있

는데,

그러나 하찮은 연약한 월계관3)으로

저의 시혼의 순수한 진심을 보상하지 마시고,

당신의 가시 면류관이 얻은 것을 제게 주소서,

---

1) 소네트(14행 시) 형식의 연속이 마지막 끝줄을 다음 시의 시작 줄
로 연결 지으며, 또한 처음 시작한 곳에서 끝나게 할 때 완전한
원형으로 '화관'('crown')의 상징이 된다. '제 손에 기도와 찬미의
이 왕관을 허락해 주소서'는 '화관'의 첫 줄이며 일곱 번째 소네트
'승천'의 마지막 줄로 반복되어 있다.
2) 다니엘서에서 하느님을 묘사한 말, "옛적부터 항상 계신 이('the
Ancient of Days')." "내가 보았는데 왕좌가 놓이고 옛적부터 항상
계신 이가 좌정하셨는데 그 옷은 희기가 눈 같고 그 머리털은 깨
끗한 양의 털 같고……"(다니엘 7장 9절). 영원하신 하느님의 존재
와 그의 아들이 인간으로 변화함을 이르는 말.
3) 시인이나 군인의 영광을 찬양하기 위해서 전통적으로 사용되었던
월계수 잎새로 엮은 관.

항상 꽃피는 영광의 면류관을;

목적이 우리 과업을 완수하지만, 당신께서 우리 목적

을 이루십니다,

왜냐하면, 우리 마지막에 우리의 끝없는 휴식이 시작

되기에,

이 시작인 종말은,4) 이제 열정적으로 사로잡혀,

강하고 진지한 갈증으로, 제 영혼을 살핍니다.

마음과 음성이 드높이 올려질 때입니다,

뜻이 가까이 있는 모든 이에게 구원을.

---

4) 처음이자 끝인 구세주; "나는 알파와 오메가라, 이제도 있고 전에
도 있었고 장차 올 자요 전능한 자라("I am the Alpha and the
Omega, the First and the Last...")"(요한계시록 1장 11절).

2. 성 수태 고지聖受胎告知[1]

뜻이 가까이 있는 모든 이에게 구원을,

만물이, 있는 도처에 항상 온전한 이가 계시어,

죄를 지을 수 없지만, 그럼에도 모든 죄를 짊어져야만
하니,

죽을 수 없으나, 또한 죽기를 택할 수밖에 없습니다,

보십시오, 충실하신 성모여, 그 자신을 굴복시켜

감옥 속에 누우시고, 당신의 자궁 속에서; 그가 그곳에
서

죄를 취할 수는 없지만, 당신께서 줄 수도 없지만, 그
러나 그는

죽음의 힘이 지배하려는 육신을 거기서부터 취하여 입
을 것입니다.

천체로 인하여 시간이 창조되기 이전에,[2] 당신은

---

1) 천사 가브리엘이 마리아에게 아들을 잉태할 것을 알림(누가복음 1
   장 26~35절).
2) 아리스토텔레스를 위시한 고대 천문학자들은 시간은 천체의 움직
   임의 결과로 보았다(Smith 621).

139

당신의 아들이고, 형제인, 그의 마음속에 계셨고,

당신이 알고 계셨던 이를, 잉태하셨습니다; 진실로 당신은 이제

당신 창조주의 창조자이시고, 또한 당신 아버지의 어머니이십니다,[3]

당신은 어둠 속에 빛을 가지셨고; 그리고 작은 방 속에 가두셨습니다,

무한을 당신의 사랑스런 자궁 속에 은거케 하셨습니다.

---

[3] 삼위일체의 개념을 바탕으로, 성모의 아들은 하느님의 아들이고, 성부는 곧 성자이다. 또한 모든 인간은 하느님의 자손이니 성모는 그리스도의 형제가 되기도 하고, 또한 성부의 어머니가 되기도 한다.

3. 탄생

무한을 당신의 사랑스런 자궁 속에 은거케 하셨습니다,

이제 그가 매우 사랑하던 감옥을 떠나,

그곳에서 그는 그의 뜻에 따라 자신을

충분히 연약하게 만들어, 지금 우리 세상 속으로 왔습니다;

그러나 아 그 여관에는 당신과 그를 위한 방이 없단 말입니까?[1]

그래도 이 마구간에 그를 누이시오, 그러면 동방으로부터,

별들과 박사들이 찾아올 것입니다

헤롯왕의 시샘하는 대학살의[2] 영향을 예방하려고

당신의 믿음의 눈으로, 내 영혼이, 당신을 봅니다. 어찌

---

[1] 예수를 낳은 마리아와 요셉이 거할 여관을 찾았으나 있을 곳이 없어서 아기를 구유에 눕히게 된 것(누가복음 2장 7절).

[2] 헤롯이 베들레헴 지역에 있는 2살 아래 사내아이들을 죽일 때 주의 천사가 요셉의 꿈에 나타나 애급으로 피신하라 이른다(마태복음 2장 12~16절).

모든 곳을 채우는 그가, 아무도 안아 주지 않아도, 누
워 있는지를?

당신을 향한 그의 연민이 놀랄 만큼 높지 않았다면,

당신에 의해 동정받을 필요가 있었겠습니까?

그에게 입맞추어 주고, 그와 함께 이집트로 가시오,

당신의 고통을 함께 나누시는, 그의 온유하신 어머니
와 함께.

4. 성전

당신의 고통을 함께 나누시는 그의 온유하신 어머니와 함께,

요셉, 돌아보시오; 당신의 아이가 어디에 앉아 있는지를,

불면서, 기지의 불꽃을 불어 끄면서,1)

실로 그 자신이 그 박사들에게 주었던 것을;

그 말씀은2) 최근에 한 것이 아니요, 그러니 보시오

이는 갑자기 기적을 말함입니다, 어디서 오는 것이겠습니까,

과거에도 있었고, 그리고 쓰여졌던 모든 것을,

어리숙하게 보이는 아이가 깊이 알 수 있겠습니까?

---

1) 예수가 12살 되던 해 예루살렘 성전에 들어가 문답할 때, 그의 특별한 지혜로 선생들을 놀랍게 해서 첫 번째로 그의 능력을 보여주었던 사건을 암시한다(누가복음 2장 41~52절).

2) 하느님의 아들, 예수 그리스도를 가리킨 말. "태초에 말씀이 계시니라, 이 말씀이 하느님과 함께 계셨으니 이 말씀은 곧 하느님이시니라⋯⋯"(요한복음 1장 1~31절). 랜설럿 앤드루스(Lancelot Andrews)가 1618년 성탄절 설교에서 한 말로 '말 없는 말씀, 말로 할 수 없는 영원한 말씀(Smith 622).

그의 신성神聖은 그의 인성人性에게 주어진 영혼은 아니
었습니다,3)

아니 시간도 그를 이렇게 성숙하게 한 것은 아니었습
니다,

하지만 오랜 과업을 가진 이에겐 좋은 일입니다,

태양과 함께 그의 일을 시작하는 것이,

그의 시대의 아침에 그는 이렇게 시작했습니다

인간의 힘을 초월하는 기적들로서.

---

3) 그리스도는 육신을 입었으나 인간 육체를 가진 신이 아니라 인간
영혼으로서 기적을 행할 수 있는 하느님과 같은 능력을 지녔다.

5. 십자가에 못 박히심

인간의 힘을 초월하는 기적들로서,

그는 어떤 이에겐 믿음을, 어떤 이에겐 질시를 낳게
했습니다,

마음이 가난한 자1)가 찬미하는 것을 야심 있는 자가
증오하는 까닭입니다;

두 마음2) 속에서 많은 이들이 그에게로 달려갔습니다,

그러나 아, 악한 자들이 대부분이어서, 그들은 속일 것
이고, 또 속일 수 있고,

슬프게도, 죄 없는 이3)에게 또 속입니다,

죄 없는 이의 피조물이 운명이고, 이제 한 운명을 명
하여,

자신의 생명의 무한함을 한 뼘4)으로,

---

1) "마음이 가난한 자는 복이 있나니 천국이 저희 것임이요"(마태복음
5장 3절).
2) 마음이 가난한 자와 야심 있는 자의 두 마음.
3) 죄 없이 순결한 그리스도
4) 무한의 존재를 제한된 수치로 재었다.

아니 한 치도 못 되게 측정하였습니다. 보시오, 저주받은 곳에서 그가

그 자신의 십자가를 지고, 고통으로, 그러나 차츰

십자가가 그를 짊어질 때, 그는 더 많이 짊어지고 죽어야만 하리다.

이제 당신은 일어나셨으니, 저를 당신에게로 이끌어 주시고,5)

그리고 당신의 죽음에 마음대로 슬픔을 나타내시어,

적셔 주소서, 당신의 피 한 방울로, 저의 메마른 영혼을.

---

5) "내가 땅에서 들리면, 모든 사람을 내게로 이끌겠노라"(요한복음 12 장 32절).

6. 부활

적셔 주소서 당신의 피 한 방울로, 저의 메마른 영혼을
제 영혼은 (비록 지금 극도로
돌처럼 너무나 굳어 있고, 아직도 너무나 육신적이나,)
　그 한 방울로 굶주리고, 험하거나 더러운 것에서 자유
로워지리다,
　그리고 생명이, 이 죽음으로 가능해져서, 제어케 하소서
　당신의 죽음이 멸하신 죽음을; 또한 저에게
　처음이자 마지막 죽음이 가져올 고통을 두려워 말게
하소서,
　만약 당신의 작은 책자1)에 제 이름을 당신께서 올리
신다면,
　육신은 그 오랜 잠 속에서 썩지 않고,
　육신이 만들어졌던 것으로, 또 만들어졌던 대로2) 거

---

1) "이기는 자는 이와 같이 흰 옷을 입을 것이요 내가 그 이름을 생
　명책에서 반드시 흐리지 아니하고 그 이름을 내 아버지 앞과 그 천
　사들 앞에서 시인하리라"(요한계시록 3장 5절); 모든 이의 행위가
　적혀 있는 생명책.

기 있으리이다;

　　다른 방법으로 영광스럽게 될 수 없으리요,

　　그때 죄의 잠과 죽음의 잠이 곧 저를 지나쳐 가서,

　　그 둘로부터 깨어나, 제가 다시 일어나서

　　최후이자, 영원한 날을 맞이하게 하소서.

---

2) 육신은 처음 만들어졌던 흙으로 돌아가고; 인간이 최초로 창조되었
　　던 영원불멸성을 가지게 된다(Smith 623).

7. 승천

최후이자 영원한 날을 맞이하게 하소서,

이 태양과 독생자1)의 떠오름을 기뻐하시오,

온당한 눈물이나 시련을 겪은 이들은

그대들의 더러운 육신을 깨끗이 씻거나 태웠습니다;

가장 높은 곳을 보시오, 이 세상을 떠나시며,

그가 밟고 계신 어두운 구름을 밝히시며,

그가 승천하심으로써 혼자만 보여주심이 아니라,

최초로 그가, 그리고 그가 맨 먼저2) 그 길을 들어가시

는 것입니다.

오 강건한 숫양이여, 저를 위하여 천국을 두드리셨고,

온유한 양이여, 당신의 피로 그 길을 표시하셨습니다;

밝은 횃불이, 빛을 발하여, 제가 그 길을 볼 수 있고,

---

1) "그때에 의인들은 자기 아버지 나라에서 해와 같이 빛나리라……"(마태복음 13장 43절). 던은 반복적으로 우주에서 생명의 근원인 태양과 독생자의 동일성을 동음이의어로 사용하고 있다(「미완의 승천」 4~8줄, 「아버지 하느님께 바치는 성가」 15~16줄 참조)(Smith 623).

2) 그는 우리를 위하여 그 길을 인도하시고, 그 길을 여는 첫 분이시다.

아, 당신 자신의 피로 당신 자신의 온당한 분노를 끄시고,

그리고 당신의 성령, 저의 시신詩神이 불러일으킨다면,

제 손에 기도와 찬미의 이 왕관을 허락해 주소서.

거룩한 소네트

I

당신께서 저를 만드셨는데, 당신의 작품이 부패하겠습
니까?

저를 이제 고쳐 주소서, 지금 저의 종말이 재촉하기
때문입니다,

저는 죽음을 향해 달려가고, 죽음도 저를 급히 만나려
합니다,

그리고 저의 모든 쾌락은 어제와 같기에,

저는 감히 저의 흐릿한 눈을 어느 쪽으로도 움직이지
못합니다,

절망은 뒤에서 그리고 죽음은 앞에서

이런 공포를 던지고, 저의 연약한 육신은 쇠하여 가고

그 속의 죄로 인해, 지옥을 향해 기울어집니다;

오로지 당신만이 위에 계시고, 그리고 당신을 향해

당신의 허락으로 제가 볼 수 있을 때, 저는 다시 일어
납니다;

그러나 오래된 우리의 음흉한 적이 저를 너무나 유혹하여,

한 시간도 저는 자신을 견딜 수가 없습니다;

당신의 은총이 제게 날개를 달아 그의 술책을 막아 주
시고,

그리고 당신께서 자석1)처럼 저의 쇠심장을 끌어당겨
주소서.

---

1) 쇠붙이를 끌어당기는 자석처럼 하느님이 시인의 마음('쇠심장')을
끌어당겨 주기를 바란다.

II

마땅히 많은 명칭1)으로 저는 맡깁니다

제 자신을 당신께, 오 하느님, 처음 저는

당신에 의해, 또한 당신을 위해 만들어졌고, 그리고 제
가 타락했을 때

당신의 보혈로 이전에 당신 것이었던 저를 사 주셨습
니다,

저는 당신의 아들로, 빛을 발하도록 당신 스스로 만드
셨고,

당신의 종으로, 그 종의 고통을 당신은 항상 갚으셨습
니다,

당신의 양, 당신의 형상, 그리고, 제가 배반하기까지는

당신의 성스러운 영혼의 성전인, 제 자신을;

그런데 어찌하여 악마는 저를 부당하게 요구하나요?

왜 그는 당신의 권리인 것을 훔치나요, 아니 강탈하나
요?

___

1) 법적인 권리.

당신께서 일어나서 당신 자신의 과업을 위해 싸우지
않으신다면,

오 저는 곧 절망할 것입니다, 제가 보게 되는 때에는

당신께서 인류를 무척 사랑하시나, 저를 선택하지 않
으시고,

또한 사탄이 저를 증오하지만, 저를 잃어버리기 싫어
하는 것을.

V

나는 하나의 작은 세계1) 교묘하게

원소들과 천사 같은 정신2)으로 만들어졌으나,

검은 죄악이 끝없는 밤에 드러내 보였도다

내 세계의 양면을,3) 그러니, 아, 양면 모두 죽어야 하리.

그대들은4) 가장 높은 저 하늘 너머

새로운 천체를 발견해서, 새 땅에 대해 쓸 수 있을지니,

내 눈 속에 새로운 바다를5) 퍼부어 주오, 나로 하여금

진지하게 울며 내 세계를 익사케 할 수 있도록,

아니 더 이상 빠져 죽는 일이 없어야 한다면,6) 그걸

---

1) 르네상스 시대에는 인간은 소우주로 간주되었다.
2) elements and an angelic sprite: 물질과 정신, 물질계의 4원소들(흙, 물, 공기, 불)은 천사 같은 지혜나 영혼과 쌍으로 묶여 있다고 생각되었으며, 이들 원소들은 인간 육체이고 천사의 영혼은 인간 정신이었다.
3) 육체와 정신.
4) 새로운 발견을 했던 당대의 천문학자들과 탐험가들을 지칭한다.
5) 당시에는 천상에도 바다가 있다고 생각했다.
6) 노아의 대 홍수 이후에 하느님은 더 이상 홍수로 멸망하는 일이 없을 것임을 약속했다("……땅을 침몰할 홍수가 다시 있지 아니하리라." 창세기 9장 11절).

씻어 주오:

    그러나 오 그 세계는 불태워져야 하리;7) 아 슬프게도

    욕정과 질투의 불이 지금까지 그 세계를 불태워 왔으니,

    그리고 그 세계를 더욱 더럽혔으니; 그들 불꽃들을 물

러가게 하소서,

    그리고 저를 태워 주소서, 오 주여, 당신과 당신의 집의

    불같은 열성과 함께, 삼킴으로써 정화시켜 주소서.8)

---

7) 세계는 물로 망하든가 불로 망하리라는 두 견해가 있다.
8) "주의 집을 위하는 열성이 나를 삼키고……"(시편 69편 9절); 주의
   집을 위한 불같은 열의로 '죄 많은 나'를 삼키어 다시 정결하게 고
   쳐 주기를 기원하는 말이다.

VI

이것은 내 연극의 마지막 장면, 여기서 천국은

나의 순례의 마지막 거리를 정해 준다; 그리고 나의 경주는

헛되이 그러나 빨리 달려서, 이 마지막 걸음을,

내 수명의 마지막 한 올, 내 시간 최후의 점에 발맞춘다,

그리고 탐욕스런 죽음은 당장에 분리하리니

내 육체와 영혼을, 그리고 나는 잠시 잠들리라,

그러나 나의 영원히 깨어 있는 부분1)은 그 얼굴2)을 보리니,

그 얼굴의 공포가 벌써 내 모든 관절을 뒤흔드누나:

그때, 내 영혼은, 하늘로 그녀의3) 첫 자리로, 비상하고,

그리고 땅에서 태어난 육체는, 땅에 거하리라,

그러니, 내 죄들은, 만물이 그들의 권리를 갖도록,

---

1) 영원불멸의 영혼.
2) 최후의 심판날에 진노한 신의 얼굴.
3) 영혼은 여성으로 표현함.

죄들이 잉태한 곳으로 떨어져서, 나를 지옥으로 내리누르리라.

나를 올바르게 탓하여 주소서, 죄악을 씻어내도록,

그래야만 내가 이 세상, 육신, 그리고 악마를 떠날 수 있기에.

VII

둥근 지구의 가상된 모퉁이에서,1) 불어라

너희들의 나팔을, 천사들이여, 그리고 일어나라, 일어
나라

죽음으로부터, 너희들 무수한 무한한

영혼들이여, 그리고 너희들의 흩어진 육체로 돌아가
라,2)

홍수가 멸망시켰고, 그리고 불이 멸망시킬 영혼들이여,

전쟁, 기근, 노령, 학질, 폭정,

절망, 법률, 우연히 살해한 영혼들이여, 그리고 너희
눈으로,

하느님을 보게 되고 그리고 죽음의 비애를 결코 맛보
지 않을 그대들이여.3)

---

1) 둥근 지구의 가상된 네 모퉁이; "……내가 네 천사가 땅 네 모퉁이
에 선 것을 보니 땅의 사방에 바람을 붙잡아 바람으로 하여금 땅에
나 바다에나 각종 나무에 불지 못하게 하더라"(요한계시록 7장 1
절).
2) 마지막 심판날에 영혼들은 여기저기 흩어져 있다가 부활된 시체들
과 합류하게 되어 있다는 믿음.

그러나 그들을 잠들게 하소서, 주여, 그리고 제가 잠시 비탄케 하소서,

만일 이 모든 이들 이상으로 나의 죄들이 넘친다면,

풍성한 당신의 은총을 구하는 것은 때늦은 까닭입니다,

우리가 그곳에 갔을 때; 여기 이 낮은 땅 위에서,

제게 회개하는 법을 가르치소서; 그렇게 하는 것이

당신께서 당신의 피로 저의 면죄를 봉인한 점과 다름없는 까닭입니다.[4]

---

3) 예수의 재림 때 살아 있을 사람들: "내가 참으로 너희에게 이르노니 여기 섰는 사람 중에 죽기 전에 하느님의 나라를 볼 자들도 있느니라"(누가복음 9장 27절), "보라, 내가 너희에게 비밀을 말하노니 우리가 다 잠잘 것이 아니고 마지막 나팔에 순식간에 홀연히 다 변하리라"(고린도전서 15장 51절).

4) 진정한 참회는 예수의 희생이 인류에게 제공한 일반사면을 얻을 수 있다는 시인의 믿음.

VIII

만약 충실한 영혼들이 똑같이 찬양된다면
천사들처럼, 그러면 내 아버지의 영혼을 보게 되고,
그리고 이는 충만한 은총에 실로 보탬이 되리니,
나는 용감하게 지옥의 넓은 입을 건너가리라:
그러나 만일 우리 마음이 이들 영혼들에게 알려진다면
사정상, 그리고 우리 안에 명백히 있는
징조들로 인하여, 금방은 아니더라도,
어떻게 내 마음의 하얀 진실을 그들이 구별할 수 있을
까?
그들은 맹목적인 연인들이 울고 비탄함을 보고,
그리고 타락하고 불경스런 마법사들이
예수의 이름을 부르고, 그리고 바리새인 같은
위선자들이 신앙을 가장하는 것을 본다. 그러니 향하라
오 사려 깊은 영혼이여, 하느님께로, 그분은 가장 잘
너의 진정한 슬픔을 아시며, 그걸 내 가슴속에 묻어
두시기 때문이다.

IX

만약 유독한 광물질들과, 그리고 만약 그 열매가

아니었다면, 영원불멸했을 우리에게 죽음을 던져 준
나무,

만약 음란한 염소들, 만약 시기하는 뱀들이

저주를 받지 않는다면; 아, 왜 제가 저주를 받아야 합
니까?

왜 저에게 태어난 의도나 이성이

죄를 지어, 아니면 동등할 것을,1) 제 안에서 더욱 가
증스럽습니까?

그리고 자비는 쉽고, 또한 하느님께 영광된 것이라면,

그분의 냉엄한 분노에 싸여, 왜 그분은 위협하십니까?

그러나 감히 당신과 논쟁하는 나는 누구입니까?

오 하느님, 오! 당신의 유일한 값진 보혈로,

그리고 저의 눈물로, 천상에 망각의 홍수2)를 만들어,

---

1) 인간에게만 있는 의도나 이성이 아니면 염소의 정욕이나 뱀의 질
투 같은 죄와 시인의 죄는 동등하겠지만

그 속에 저의 죄의 검은 기억을 익사케 하소서;

당신께서 그 죄들을 기억하심을, 어떤 이들은 은혜라
주장하지만,3)

만약 당신께서 잊으신다면, 저는 그걸 자비로 여기겠
습니다.

---

2) 고대 전설에서 리스(Leathe)는 지하(Hades)에 있는 망각의 강인데,
   세상을 떠난 영혼들이 그 물을 마시면 그들 전생의 존재를 잊어버
   리게 된다. 죄의 기억에 망각을 유도하는 의미.
3) 죄를 은혜의 빚(부채)으로 생각함으로써 그리스도의 희생으로 사면
   됨을 의미한다.

X

죽음아, 뽐내지 마라, 어떤 이들은 너를 일러

힘세고 무섭다고 하지만, 실상 너는 그렇지 않기 때문이다,

네가 멸한다고 생각한 사람들은

죽지 않기 때문이다, 불쌍한 죽음아, 또한 너는 나를 죽일 수 없다;

단지 너의 영상에 불과한 휴식이나 잠으로부터,

많은 쾌락이 흐르니, 그러니 네게서 더 많은 쾌락이 흘러야 하리,[1]

그리고 제일 먼저 우리의 가장 훌륭한 사람들이 너와 함께 간다,

그들 유골의 안식과 영혼의 해방을 찾아서.[2]

---

1) 죽음의 영상에 지나지 않는 휴식과 수면에서 많은 쾌락이 흐르므로, 죽음 자체에서는 더 많은 쾌락이 흘러야 한다(즉 공포의 대상이 아니다).
2) 죽음은 육체의 영원한 안식과 육체로부터의 영혼의 해방 또는 구원이다.

너는 운명, 우연, 제왕들, 그리고 절망한 이들의 노예이다,

또한 독약과 전쟁과 질병과 함께 산다,

아편이나 마법도 우리를 곧잘 잠들게 할 수 있다,

더욱이 네 손길보다 더 쉽게; 그런데 너는 왜 으스대는가?3)

짧은 한 잠이 지나면,4) 우리는 영원히 깨어나리,

그리고 죽음은 더 이상 없으리; 죽음아, 너는 죽으리라.

---

3) 뽐낼 것이 없는데, 거만하게 뻐기고 자만하는가?
4) 최후 심판까지 기다리는 동안의 잠시 수면.

XII

왜 우리는 모든 피조물의 섬김을 받는가?

왜 풍부한 원소들은 제공하는가

내게 생명과 음식을, 나보다 더욱 순수하고,

단순하며, 또한 타락으로부터 더 멀리 있건만?[1]

왜, 무지한 말이여, 너는 복종을 견디는가?

왜 너희, 황소와 수퇘지는, 그토록 어리석게

약함을 가장하여, 한 인간의 일격에 죽는가,

인간 전부를 너희가 삼키고 먹고 살 수도 있으련만?

나는 더 연약하고, 비통하고, 너희보다 더 사악하도다,

너희는 죄를 짓지도 않았고, 두려워할 필요도 없도다.

그러나 신기하고 더욱 신기하여라, 우리에게

창조된 자연이 이들 만물을 복종시키니,[2]

---

1) 인간은 4가지 원소들로 혼합되어 균형을 이루고 있으나 균형이 깨
지면 부패하게 된다. 그러므로 인간은 단일하고 순수한 원소들보
다 더 타락하기 쉽다. 또한 원소들은 인간 원죄의 타락에 중요한
역할을 한 것이 아니라 인간의 행위로 저질러진 결과에 동참하고
있을 뿐, 그들은 인간보다는 최초에 창조된 원형의 순수세계에 더
욱 가깝다(Smith 631).

그러나 죄나 자연이 속박하지 못한 그들의 창조주는,

그의 피조물이고, 또한 그의 적인, 우리를 위하여 죽었

도다.

---

2) 하느님에 의해 창조된 자연의 이치가 우리 인간으로 하여금 만물
을 지배하게 한다.

XIV

내 가슴을 치소서, 삼위일체이신 주여; 당신은

여태 두드리고, 입김 불고, 비추고, 고치려고만 하셨으니;

내가 일어나 서도록, 나를 넘어뜨리고, 당신의

힘을 쏟아 나를 부수고, 불고, 태워서 새롭게 만드소서.[1]

나는, 다른 자에게[2] 넘겨지려는, 빼앗긴 도시처럼,[3]

당신을 받아들이려 애쓰지만, 아, 헛일입니다.

내 안에 있는 당신의 총독, 이성이[4] 나를 방어해야 하

지만,

도리어 포로가 되어, 연약하거나 부정한 것으로 판명

되었습니다.

그런데도 나는 당신을 지극히 사랑하며 사랑받고 싶지

마는,

---

1) 하느님을 대장장이 이미지를 이용하여 쇠를 부수고 달구어서 새로
   만드는 작업을 연상케 하고 있다.
2) 점령자 아닌 또 다른 이(악마)에게 넘겨지게 되어 있는.
3) 자신을 적에게 빼앗긴 도시처럼, 사탄에게 유린당한 처녀처럼 비유
   한다.
4) 인간의 이성을 신의 총독이 다스리는 것으로 묘사.

당신의 적과 약혼을 하였습니다,

나를 파혼시켜 주시고, 그 매듭을 다시 풀거나 끊어
주소서,

나를 당신께로 인도하사, 가두어 주소서, 나는

당신이 사로잡지 않으시면, 결코 자유롭지 못할 것이며,

당신이 나를 겁탈하지 않으시면, 결코 정숙하지도 못
할 것이기 때문입니다.5)

---

5) 신과 인간의 관계를 인간의 이성관계에 비유하여 결혼이나 간음으
로 설명하고 있다.

XV

하느님께서 그대를 사랑하듯, 그대는 그분을 사랑하겠
는가? 그렇다면,

내 영혼아, 이 유익한 명상을 음미하라,

어떻게 성령이신 하느님께서, 하늘에서 천사들의 섬김을

받으시며, 그대 가슴속에 하느님의 성전을 지으시는
지.[1]

성부께서, 가장 축복받은 독생자를 낳으셨고,

그리고 항상 낳고 계시니, (그분은 결코 시작하지 않
으셨기에)[2]

황송하게도 그대를 양자로 선택하시어,

그의 영광과 안식일의 끝없는 휴식의 공동후사로 삼으
셨다;[3]

---

[1] "너희가 하느님의 성전인 것과 하느님의 성령이 너희 안에 거하시
는 것을 알지 못하느뇨?"(고린도전서 3장 16절)

[2] 하느님은 그리스도를 영원히 낳고 계신다. 사물이 시작과 끝이 있
는 시간의 관념을 초월하신다(Smith 633).

[3] "성령이 친히 우리 영으로 더불어 우리가 하느님의 자녀인 것을
증거하시니, 자녀이면 또한 후사 곧 하느님의 후사요 그리스도와

그리고 도둑맞은 이가 수색해서 그의 도난당한 물건이

팔린 것을 알면, 그걸 잃거나 다시 사야 하는 것처럼:

영광스런 성자께서는 내려오시어, 살해되셨도다,

그분께서 만드셨고, 사탄이 훔쳐 간 우리를 해방하시

려고.4)

예전에는 인간이 하느님의 형상대로 만들어진 것이 대

단했으나,

하느님께서 인간처럼 만들어져야 한다는 것이 더욱 대

단하도다.5)

함께 할 후사니 우리가 그와 함께 영광을 받기 위하여 고난도 함
께 받아야 될 것이니라"(로마서 3장 16~17절).
4) 법률적으로, 도난당한 물건이 팔려서 그걸 산 사람에게 소유권을
상실한 사람은 그 장물취득자가 팔려고만 한다면 그걸 다시 사서
소유권을 회복하는 수밖에 없다. 같은 방법으로, 그리스도는 그의
생명을 바쳐서 그의 소유인 우리를 사탄으로부터 되돌려받아야 한
다(Smith 633).
5) 지고한 신의 사랑의 표현에서 인간 구원은 인간 창조보다 훨씬 월
등하다.

XVI

성부여, 그의 이중 관심의 일부를1)

당신의 왕국에서, 당신의 독생자를 제게 주십니다;

얽힌 삼위일체 안에서 그의 공유자산을2)

지키시며, 그리고 그의 죽음이 정복한 것을 제게 주십

니다.

이 어린 양은, 죽음으로써 세상을 생명으로 축복하였고,

이 세상 태초부터 살해되었습니다,3) 그리고 그는

두 가지 유언4)을 만드셨고, 그와 당신 왕국의

유산을 당신 아들들에게 남기시는 것입니다.

그럼에도 인간들은 아직도 논의만 하는 율법들입니다

인간이 그런 계율들을 성취할 수 있는지를;

아무도 하지 못합니다, 그러나 모두를 치유하는 은총

과 성령이

---

1) 이중 관심: 삼위일체인 부분과 축복받은 인간으로서의 일부.
2) 2, 3인 이상이 공동으로 소유하는 토지나 집 등의 자산.
3) "…… 창세 이후로 죽임을 당한 어린 양"(요한계시록 13장 8절).
4) 성서의 구약과 신약.

법과 문자가 죽이는 것을 다시 살립니다.5)

당신 율법의 요약6)과 당신 최후의 계명은

오직 전부 사랑이오니;7) 오 그 마지막 유언이 유효하

게 하소서!8)

---

5) "…… 의문[문자]은 죽이는 것이요 영은 살리는 것임이니라"(고린
도후서 3장 6절).

6) 하느님의 법을 요약한 십계명.

7) "내 계명은 곧 내가 너희를 사랑한 것같이 너희도 서로 사랑하라
하는 것이니라"(요한복음 15장 12절). 십계명은 사랑보다는 순종에
대한 정당한 보상이라는 개념이고, 그리스도는 서로를 사랑하도록
우리에게 요구하는 새로운 계명을 첨가하셨다("새 계명을 너희에
게 주노니 서로 사랑하라……" 요한복음 13장 34절). 우리가 구원
을 얻는 것은 그리스도의 자비와 사랑에 달려 있다. 엄격한 정의
로는 우리는 형벌을 받을 것이기 때문이다(Smith 634).

8) 신약을 준수하고 구약을 물려 놔라; 우리 구원이 정의에 서게 말고
사랑과 자비에 서게 하라(Smith 634).

XIX

오, 나를 괴롭히려고, 상반되는 것들이 만나 하나가 되고;
변덕은 부자연스럽게 낳았구나
변함없는 습관을; 내가 원치 않을 때
나는 맹세와 헌신으로 변하도다.
나의 회개는 변덕스러워라
내 세속적인 사랑처럼, 그래서 곧 잊혀지듯이:
수수께끼처럼 혼란스럽고, 차고 또한 뜨겁다,
기도하듯, 침묵하듯; 무한이듯, 아무것도 아니듯.1)
어제 나는 감히 천국을 보지 못했다; 그런데 오늘
기도와 아첨하는 말로 나는 하느님께 구애한다:
내일 나는 그의 매질이 진정 두려워 떨리라.
이렇게 내 신앙의 발작은 왔다가 사라진다
극심한 학질처럼: 이곳에서
내가 두려움에 떠는 최고의 날들을 제외하고는.

---

1) 세속적인 애인처럼 애정을 호소하는가 하면 금방 침묵하는 변덕스
러움(기도하는가 하면 침묵하고); 무한히 회개하는가 하면, 전혀
회개하지 않는 변덕.

십자가[1])

그리스도께서 십자가를 지신 이래, 감히 내가

그분의 영상, 그분 십자가의 영상을 부인하겠는가?

내가 그 희생으로 이익을 얻을 것인데,

감히 선택된 제단을 경멸하겠는가?

십자가는 모든 다른 죄를 짊어졌지만, 그러나

십자가를 비웃는 죄를 져야 한다는 것이 합당한가?

누가 그 영상에서 그분의 눈을 피하겠는가,

거기 십자가에서 돌아가신 그분의 고통을 어떻게 피하

겠는가?

내게서, 아무런 설교도, 근거 없는 법률도,

어떤 비방을 받아도, 이 십자가를 제거하지 못하리,[2])

그리하지 못하리, 그럴 수 없기에; 왜냐하면, 이 십자가의

상실이 내게는 또 하나의 십자가가 될 것이기에;

좋기보다 더 나쁘리, 왜냐하면, 어떤 고통도

---

1) 이 시는 세례의식에서 십자가를 우상숭배의 상징이라고 반대하는
   청교도들에게 십자가를 '옹호'하고 있다.
2) 청교도들은 십자가의 상징을 싫어했고; 설교로 십자가를 반대했고,
   십자가 사용을 금하는 법률을 촉구했다. 그리고 사람들이 십자를
   긋는 행위를 비방했다(Smith 647).

십자가를 하나도 갖지 않는 것만큼 지나친 고통은 아니므로.3)

누가 십자가를 지울 수 있는가, 하느님의

사제가 성찬식에서 내게 뿌려 준 것을?4)

누가 내게 두 팔을 펼쳐서, 내 자신의 십자가를 만드는

능력과 자유를 부정할 수 있는가?

수영해 보라, 그러면 헤엄칠 때마다, 그대는 그대의 십자가이니,

돛대와 활대5)는 바다가 출렁일 때 십자가를 이룬다.

아래를 보라, 작은 것들에서도 그대는 십자가를 엿보리;

위를 보라, 그대는 새들이 가로지른 날개로 솟아오르는 것을 보리니;

모든 지구의 틀과, 구체의 틀도, 평행선을

가로지른 자오선들 이외에 아무것도 아니다.6)

---

3) 십자가를 폐지하는 것이 더 좋을 것이라고 하지만, 십자가를 하나도 가지지 못하는 고통만큼 더 큰 고통은 없으므로 십자가를 가지지 못하는 고통은 또 하나의 십자가를 지는 셈이 된다.

4) 세례식 때 피세례자의 몸에 십자형으로 물방울을 뿌려 주는 것이나, 성찬식에서 그리스도의 몸과 피로써 새롭게 해주는 축복.

5) 돛대의 활대: 돛대에 직각으로 달아 맨 긴 원재로 여기에 돛을 단다.

물질적인 십자가는 그러니, 묘약이다,

하지만 정신적인 것은 최고의 권위를 지닌다.

이 십자가들은 화학추출로 얻은 의약7)에 도움이 되고,

또한 훨씬 잘 치료하며, 또 마찬가지로 잘 보존 된다;

그때 당신은 당신 자신의 치료약이 되니, 아무것도 필

요 없다,

정지될 때8) 혹은 고난에 의해 정화될 때.

왜냐하면 그 악의 없는 십자가가 당신에게 접착할 때,

그때 당신은 당신 자신에게 십자가의 그리스도상이 된다.

아마도, 조각가들이 얼굴을 만들어내는 것이 아니라,

속에 감추어진 얼굴을 끄집어내는 것과 같은 거다:9)

---

6) 자오선 즉 경도선과 가로선인 위도선.

7) 치료약의 진수로 특정한 식물이나 광물의 화학적 추출로 얻어진 것은 치료의 효력을 보존하는 힘이 있다고 생각되었다.

8) 증류해서 순수한 물을 얻을 수 있고 고뇌를 통해 육체의 죄를 정화시킬 때; 증류한다는 뜻과 움직임이 없이 정지해서 순수하게 한다는 복합적인 뜻이 있다.

9) 미켈란젤로가 말하기를 가장 훌륭한 조각가라도 대리석 덩어리 속에 이미 감추어져서 발견되도록 기다리고 있지 않는 '착상'을 소유한 자는 없다고 한다(Smith 648). 마찬가지로 조각가는 사람의 얼굴을 인형처럼 빚어내는 것이 아니라 돌이나 나무와 같은 재료 속에 숨겨져 있는 것을 벗겨내는 것이다.

십자가로 하여금, 그렇게 그대 속에 감추어진 그리스
도를 취하게 하라,

그리고 그분의 영상이 되라, 아니 그분의 영상이 아니
라, 그분이 되라.

그러나, 가끔 연금술사들이 위조주화10)를 만들어 증명
하듯이,

자신의 경멸은 자애自愛를 낳을 수도 있으리.11)

그래서 최악의 과식이 최고의 음식에서 오는 것처럼,

자만도 겸손에서 생겨나도다,

왜냐면, 자만은 어린아이가 아니라, 괴물이기에; 그러
므로 제거하라

십자가 속에 당신의 기쁨을, 그렇지 않으면, 그건 이중
의 손실이니,12)

---

10) 연금술사들이 합법적으로 금을 만들어내는 능력이 없으므로 반대
로 위조주화를 만들도록 종종 자극을 받았다: 한쪽 극단으로 치
우침은 반대쪽 극단을 초래한다(Smith 648).
11) 청교도들은 자기멸시와 지나친 겸양에서 나온 자애(自愛)와 자의
(自義 스스로 의로움)로 인한 공격을 받았다.
12) 자신을 낮추고 부정하는 덕망에서 택하는 기쁨을 억제하라. 그리
스도를 위한 선행이나 기쁨 양쪽 다 상실되고 말 터이니.

그리고 그대의 감각들도 멸하라, 아니면, 그들과 그대 양쪽은

곧 멸망하리니, 그리고 파멸에 굴복하게 되리라.

만일 눈이 선한 대상물을 찾고, 그리고 악한 것에서 고난을

취하지 않는다면, 우리는 뱀을 피할 수 없기 때문이다.[13]

그러니 거칠고, 딱딱하고, 시고, 역겨움으로 그 나머지[14]를 지워서,

감각들을 별 차이 없게 하라; 아무것도 최선이라 부르지 마라.

그러나 돌아보고 움직이는 눈은 십자 긋기를 가장

필요로 한다; 다른 감각들[15]에게는 사물이 저절로 나타나야 한다.

---

13) 이브가 뱀의 꼬임을 경탄했듯이(창세기 3장 6절).
14) 시각 이외에 즐거움을 주는 나머지 감각들(청각, 촉각, 미각, 후각)만을 바라지 말고, 나쁜 감각(거친 소리, 딱딱한 촉감, 신맛, 역겨운 냄새)도 섞어 중화시켜라.
15) 시각(눈)과 달리 움직여서 찾거나 만족할 만한 사물을 선택할 수 없는 나머지 4가지 감각들.

그리고 그대 심장에 십자가를 그어라: 오직 인간 심장만이

아래쪽으로 향해 있고, 동계(動悸16)를 갖고 있기에.

낙담을 지워 버려라, 심장이 아래로 향할 때,

그리고 금지된 절정에 이를 때.

그리고 두뇌가 골벽을 통해 표출되듯이

십자가 형태를 나타내는 두개골 봉합선17)에 의해서,

그러니 그대의 두뇌가 작용할 때, 그대가 말하기 전에,

기지의 탐욕18)을 지우고 고쳐라.

십자가를 탐하라, 아무것도 포기하지 마라.19)

어느 누구도 배반하지 마라, 만사에서 그대 자신을 지우라.

그때 그리스도의 십자가는 충실하게 작용하리라

---

16) 아리스토텔레스는 말하기를 인간만이 미래에 대한 희망과 기대를 갖고 있는 까닭으로, 흥분하면 가슴이 고동친다고 했다(Smith 648).

17) 윗 두개골은 머리 전면 부위와 봉합선(이음매)에 의해서 십자형으로 만난다(Smith 649).

18) 지적 자만심.

19) 어떤 기회도 놓치지 마라.

우리 마음속에서, 우리가 악의 없이 사랑할 때
그 십자가의 영상들을 훨씬, 또한 보다 많은 관심으로
우리들의 십자가인 십자가의 아이들을.[20]

---

20) 그리스도가 십자가에 못 박히심으로 인한 결과들; 이 세상에서 그
를 따르는 이들이 견뎌야 하는 계속적인 십자가의 재현들.

수태 고지와 수난이 겹쳐진 1608년 어느 날에[1]

연약한 육신이여, 순종하여, 오늘은 삼가라; 오늘

그리스도께서 여기 오셨다 가셨으니, 내 영혼에 두 번

양식이 되셨도다.

영혼은 그분을 인간으로 보고, 그렇게 하느님처럼 이 속에,

그들 둘 다를 하나의 원형으로 만들었다,[2]

시작과 종말이 일치하도록; 이 불가사의한 날

축제일 혹은 금식일에, 그리스도께서 오셨다 가셨다;

영혼은 모두이신 그분을 두 번 동시에 아무것으로도

보지 못한다;[3]

영혼은 삼나무[4] 자체가 넘어지는 것을 본다,

---

1) 천사 가브리엘이 동정녀 마리아에게 그리스도가 육신으로 잉태할
   것을 알린 성 수태 고지일은 매년 축일로 3월 25일인데, 공교롭게
   도 1608년 성 금요일(예수의 수난일, 부활절 전의 금요일)이 같은
   날로 겹쳐졌었다.
2) 원형은 하느님의 상징으로서 완벽과 무한을 의미한다. 원은 또한
   그리스도가 인간으로서 그의 시작과 끝이 하나로 만나는 이 날(성
   수태 고지와 수난이 겹쳐진 날)을 뜻한다.
3) 인간은 탄생 이전에 아무것도 아니고(無), 또한 죽은 후에 아무것도
   아니다(無). 그러나 여기서 그리스도는 동시에 '없음(無)'이었다
   (Smith 650).
4) 삼나무는 그리스도와 그의 왕국의 상징이다. "내가 또 백향목(삼나
   무) 꼭대기에서 높은 가지를 취하여 심으리라. 내가 그 높은 새 가

그녀의 창조주는 만들기에 전념하고, 생명의

머리는 아직 살지도 않았는데 동시에 죽어 있도다;

영혼은 동정녀 성모가 집에서

은거함을, 동시에, 골고다5) 공중 앞에 나타남을 본다.

성모는 슬픔과 기쁨을 동시에 보이고, 그리고

거진 오십 세로 또 겨우 십오 세로도 보인다.

곧 독생자가 그녀에게 약속되어지고는 사라졌다,

천사 가브리엘은 그리스도를 성모께, 그분은 그녀를

요한에게 주신다;6)

채 완전한 어머니가 아닌 그녀는 사별死別을 겪고,7)

상속자인 동시에 유산이 되었다;

지 끝에서 연한 가지를 꺾어 높고 빼어난 산에 심으리니……"(에스
겔 17장 22절).
5) 그리스도가 십자가에 못 박힌 곳.
6) "예수께서 그 모친과 사랑하는 제자가 곁에 섰는 것을 보시고 그
모친께 말씀하시되 여자여 보소서 아들이니이다. 또 제자에게 이
르시되, 보라 네 어머니라 하신 그때부터 그 제자가 자기 집으로
모시니라"(요한복음 19장 26~27절).
7) 독생자 예수를 여읜 슬픔.

이 모든 것, 그리고 그 사이의 모든 것을, 이날은 보여 주었다,

그리스도 이야기의 요약을, 하나로 만들도다

(평면 지도에서, 가장 먼 서쪽은 동쪽이듯이)

천사들의 '만세'와 '다 이루었도다'란 말을.8)

하느님 권능의 궁전인 교회가 때로는 얼마나

이들을 잘 처리하면서도 좀체로 연결시키지 못하누냐;9)

혼자 고정된 극점으로는 우리는 결코

우리 길을 정하지 못하지만, 그 바로 이웃 별 북극성10)이,

다른 별이 있는 곳을 알려 주고, 그리고 우리는 말하기를

(그 별은 멀리 빗나가지 않기 때문에) 결코 길을 잃지 않듯이;

---

8) 성 수태 고지일에 천사가 마리아에게 한 인사말 '만세(Ave)'와 그리스도가 십자가 위에서 한 마지막 말, '다 이루었도다(Consummatum est).'

9) 성 수태 고지와 예수의 수난을 때로는 결합시키는 교회의 지혜; 그러나 대체로 그렇지 못함을 빙자한 말.

10) 북극성: 선원들을 인도하는 별로서 사실상 북극의 정점이 아니고, 그보다는 1도 가량 극점에서 떨어져 있다. 북극성은 바로 북극 위에 위치하진 않지만 그래도 우리를 인도하는 최선의 안내별이다.

그처럼 하느님을 그분 가장 가까이 있는 교회에 의해,
우리가 알고,

그리고 굳건히 서 있다, 우리가 별의 움직임에 따라간
다 하여도;

그분의 성령은, 그분의 불기둥이 이끌 듯이11)

그리고 그분의 교회는, 구름같이 둘 다 하나의 목적으
로 인도한다.12)

이 교회는, 이날들13)을 결합시킴으로써, 보여주었다

죽음과 잉태가 인간에게는 하나임을:

아니면 하느님 안에선 동일한 겸손임을,

그분이 인간이어야 함과 인간이기를 떠나야 함이:

혹은 그분께서 만드신 창조물로서, 하느님으로서,

---

11) 하느님께서는 이스라엘 사람들을 이집트에서 구름기둥과 불기둥
으로 인도해내셨다. "여호와께서 그들 앞에 행하사 낮에는 구름기
둥으로 그들의 길을 인도하시고, 밤에는 불기둥으로 그들에게 비
취사 주야로 진행하게 하시니"(출애굽기 13장 21절).

12) "여호와께서 모세에게 이르시되 내가 빽빽한 구름 가운데서 네게
임함을 내가 너와 말하는 것을 백성으로 듣게 하여 너를 영원히
믿게 하려 함이라"(출애굽기 19장 9절).

13) 성 수태 고지일인 축일과 예수 수난의 성 금요일인 금식일 두 날
들을 말함.

마지막 심판과 함께 오직 하나의 기간으로,14)

그분의 모방하는 배우자15)는 하나로 결합하리라

성년의 양 극단을:16) 그분은 오실 것인데, 지금은 가셨다:

또는 한 방울의 피가 떨어지듯이, 거기서부터 떨어졌고,

용납되어,17) 봉사했듯이, 그분은 여전히 모든 피를 흘
리신다;

그러니 그분 최소한의 고통, 행위, 혹은 말씀이,

한 인생을 바쁘게 하겠지만,18) 영혼은 이 하루를 모두
바친다;

그래서 이 보물을, 내 영혼이 도매로 사놓고는,19)

내 평생 동안 그 보물을 소매하고 있다.

---

14) 한 점의 시간: 동일한 순간(하느님은 시간 밖에 계시므로 시작과
끝을 함께 보신다).
15) 그리스도를 모방하는 그리스도의 신부인 교회.
16) 한 남성의 성년에 이르기까지 처음과 끝(예수의 생애를 은유함).
17) ⓐ 하느님께서 이를 충분한 것으로 용납하신 것.
　　ⓑ 우리가 우리 구원의 수단으로 이를 용납하고 우리 자신을 그
　　　리스도께 바치는 것(Smith 652).
18) 한 사람의 일평생을 전념하게 하다.
19) 미래를 위하여 '총체'로 저장하여 두다. "오직 너희를 위하여 보물
을 하늘에 쌓아 두라······ 네 보물 있는 그 곳에 네 마음도 있느
니라"(마태복음 6장 20~21절).

1613년 성금요일, 서쪽으로 말을 달리며

인간의 영혼이 천체이게 하라, 그러면, 그 안에서,

천체를 움직이는 천사가 헌신이니,1)

그리고 다른 천체들처럼, 성장함으로써

다른 움직임에 예속되어,2) 그들 자신의 운동을 상실하고,

또한 다른 천체들로 인하여 매일 서두르게 되니,

거의 일 년이 지나도 그들 본래의 형태3)를 따르지 못한다:

쾌락이나 사업을, 우리 영혼이 그렇게 허용하고

그들 시동자로 인하여, 또한 우리 영혼이 빗나가도다.4)

---

1) 천체가 그 속에서 천사에 의해 움직여지듯이 헌신(예배)이 인간의 영혼을 움직인다. 그러므로 인간의 영혼을 인도하는 헌신은 천체를 움직이는 천사에 해당한다.

2) 천체가 외부의 힘으로 인해 그들 자체의 적합한 움직임을 잃게 되듯이; 프톨레마이오스의 천동설에 의하면 더 낮은 천구는 더 높은 천구의 움직임으로 영향을 받아 동쪽으로 향한 움직임을 상실한다. 그러나 일 년 주기로 다시 서쪽에서 동쪽으로 향하는 움직임을 되찾게 된다.

3) 본래 천체와 움직이는 원칙.

4) 우리 영혼은 하느님께로 향한 헌신으로 움직이며 영향받지 않고 쾌락이나 사업으로 영향을 받아 비틀거린다. 여기서 시동자는 영혼을 방황하게 하는 힘으로 쾌락이나 사업을 암시한다.

그러므로 내가 서쪽을 향해 기울어져 있다

오늘, 내 영혼의 형태가 동쪽을 향해 굽어져 있는 때에.

거기서 나는 태양이, 떠오름으로써, 지는 것을 보아야

하며,

그리고 해짐으로써 끝없이 낮이 생긴다;

그러나 그리스도가 십자가에 올랐다가 내리지 않았다면,

죄는 영원토록 만물을 밤이 되게 하였으리라.

그렇지만 내가 보지 못한 것을 나는 감히 기뻐하노라

그 광경은 내게 너무나도 감당키 어려운 짐이었으니.

하느님의 얼굴, 생명 자체를 본 자는 죽어야만 한다;[5]

그런데 하느님이 죽는 것을 보는 것은 어떤 죽음이었

을까?

그건 그분 자신의 부관인 자연을 위축시켰고,

그건 그분의 발판을 갈라지게 하고, 태양이 눈을 깜빡

이게 했다.[6]

---

5) "네가 내 얼굴을 보지 못하리니 나를 보고 살 자가 없음이니라"(출
애굽기 33장 20절).
6) "하늘은 나의 보좌요, 땅은 나의 발등상이니……"(이사야 66장 1절);
지구는 하느님의 발판이다. 마태복음 27장 51절에 보면 그리스도가

내가 양극을 한 뼘으로 재는 두 손을 볼 수 있을까,

그리고 구멍들로 꿰뚫린 채, 모든 천체를 동시에 조율
하는 손들을?7)

내가 그 무한한 높이를 볼 수 있을까

우리에게 천장이자, 또 우리 정반대편의 사람들에게도8)

우리 아래로 낮추신 것을? 아니 그 보혈을

우리 모든 영혼의 자리로, 그분 영혼의 자리가 아니더
라도,

흙의 먼지를 만들거나, 혹은 하느님에 의해

죽는 순간 지진이 일어났고 45절에는("제 육시로부터 온 땅에 어
두움이 임하여 제 구시까지 계속하더니") 그리스도가 십자가에 못
박힌 때 일식이 있었음을 말하고 있다.

7) 로마 질(Roma Gill)에 의하면 피사의 캄포산토 북쪽 건물에 14세
기 벽화를 사진 찍어 보여주는데, 원형이 파문형의 연속으로 그려
진 우주는 가운데 지구에서부터 4원소의 천구와 행성들과 천계의
위계를 통해서 창조의 가장 높은 단계로 움직인다. 하느님은 정점
에서 시동자로서, 두 팔을 벌려 천체를 감싸고 그의 두 손은 양
쪽의 천체 조직을 단단히 쥐고 있다. 그의 자태는 십자가 위의 그
리스도와 꼭 같다(Smith 654).
십자가상에서 그리스도의 양 손이 못 박히어 뚫린 구멍을 암시한
다.

8) 하느님은 우리에게 가장 높은 정점이고 동시에 지구의 반대편에
사는 사람들에게도 마찬가지다.

옷 입혀진 저 육신을, 그분의 옷이, 누더기로 찢긴 것을?

만약 이런 것들을 내가 감히 보지 못했다면, 감히 내가

그의 참담한 어머니에게 내 시선을 던질 수 있을까,

누가 이곳에서 하느님의 동반자였고, 그리고 이렇게

우리 몸값을 치른 그 희생의 절반을 제공했는가?9)

비록 이런 일들이, 내가 말을 타고 가는데, 내 시야에
서 떨어져 있지만,10)

그것들은 아직 내 기억 속에11) 존재한다,

그 기억이 그들을 바라보고 있기에; 또한 당신께서 저
를 바라보시나이다,

오 구세주여, 당신이 십자가에 매달렸을 때;

---

9) (a) 그리스도를 잉태함으로써 성모 마리아는 우리 몸값을 위하여
　　아들을 희생하는 데 하느님과 몫을 나누었고;
　(b) 십자가 위에서의 아들의 고통을 보는 슬픔으로 아들의 구원
　　의 희생을 함께 나누셨다(Smith 655). 우리 몸값을 치르는 데
　　성모는 어머니로서 아버지이신 하느님과 절반씩 나누셨고,
　　그리스도의 희생에 동참하여 또한 그 절반을 나누었다.
10) 시인은 지금 예수의 십자가가 세워졌던 동쪽이 아니라 서쪽으로
　　향하고 있다.
11) 기억은 마음의 뒤편에 있어서 동쪽을 향하고 있고 십자가의 고난
　　을 바라보고 있다.

나는 당신께 등을 돌리지만, 교정의 처벌을

받아들이나이다, 당신의 자비가 당신을 떠나라 명할

때까지.

오 저를 당신의 분노에 마땅케 생각하사, 저를 벌하소서,

저의 녹슮과, 저의 결함을 불태워 버리소서,

당신의 형상을 그처럼 돌려주소서, 당신의 은총으로,

당신께서 저를 알아보시도록, 저도 제 얼굴을 돌리겠

나이다.12)

---

12) 시인은 지금 서쪽을 향해 말을 달리고 있으므로 결국은 동쪽에(둥
근 지구 위에서 가장 먼 서쪽은 동쪽과 일치한다) 다다르게 될
것이다; 그는 태양의 경로를 따르고 있는 셈이다. 처음 그가 여행
을 시작할 때는 깨닫지 못했지만, 그리고 "내 안에 있는 당신 모
습을 봄으로써 나를 알아보게 되도록 그리스도를 향해 나는 얼굴
을 돌릴 것이다."

연도連禱[1])

Ⅰ 성부

하늘에 계신 아버지, 그리고 그리스도를, 그리스도에
의한

하늘을, 그리고 하늘을 위해 우리를, 그리고 그 밖의
모든 것을, 우리를 위해

당신은 만드셨고, 항상 다스리시니, 오셔서

이제 타락한 저를 다시 만들어 주소서:

제 가슴은 낙심으로, 진흙이 되었고,

그리고 스스로 살해함에, 핏빛이 되었습니다.

이 붉은 땅[2])에서, 오 아버지시여, 깨끗이 해주소서

모든 사악한 오점들을, 새로 만드셔서

제가 죽기 전에, 죽음에서 일어설 수 있게 해주소서.

---

1) 공중의 기도 형식으로, 대체로 속죄와 탄원의 내용이고, 성직자가
   인도하고 회중이 답하는 양식이다.
2) 아담의 이름을 암시하며 히브리어로 '붉다'('adom')라는 말에서 파
   생되었으며, 아담은 '붉은 땅'을 의미한다.

Ⅱ 성자

오 하느님의 아들이시여, 두 존재들,

죄와 죽음이, 결코 만들어진 바 없이, 기어듦을 보고는,

죽음을 짊어지심으로써, 어떠한 고통으로

죄가 당신의 유산을 침범할 수 있는지를 시험하셨나이
다;

오 당신께서 제 마음에 못 박히시어,

또다시 십자가를 지소서,

제 마음에서 떠나지 마소서, 비록 제 마음이 당신을
떠날지라도,

그러나 제 마음이, 그렇게 당신의 고통을 가함으로써,

당신의 핏속에 잠겨서, 당신의 열정 속에 죽게 하소서.

Ⅲ 성신

오 성신이시여, 저는 성전1)이나
다만 진흙으로 된 벽이고, 압축된 먼지요,
또한 신성 모독적으로
오만과 욕정의 젊음의 불길로 절반이 소모되었으니,
새로운 폭풍2)에 시달려야 합니다;
제 가슴속에 당신의 불길을 배로 늘리소서,
경건한 슬픔의 눈물이 흐르게 하소서; 그리고
(비록 이 유리등3)인 육신이 불구의 고통을 겪을지라도)
불, 희생, 사제, 제단이 똑같이 되게 하소서.4)

---

1) "너의 몸은 너희가 하느님께로부터 받은바 너희 가운데 계신 성령
   의 성전인 줄을 알지 못하느냐……"(고린도전서 6장 19절).
2) 질병이나 아픔.
3) 전등갓을 씌운 유리등; 유리로 인해 하느님의 빛의 이미지가 변화
   될 수 있고, 또한 깨지기 쉬운 연약한 육신을 암시한다.
4) 열병으로 폭풍에 성전이 파괴된다 해도 신앙은 변함없기를 바라고
   있다.

Ⅳ 삼위일체

오 축복받은 영광의 삼위일체여,

철학에는 뼈대가 되나, 신앙에는 젖이 되며,1)

지혜로운 뱀들처럼, 여러 가지로

가장 미끄러우면서도, 또한 가장 얽혀 있기에,2)

마치 당신께서 구별되시는 일체가,3)

권능, 사랑, 지혜에 의한 것이듯,4)

제게 그런 스스로 다른 천성을 주소서,5)

제게 이 모든 요소를 갖추게 하소서,

권능, 사랑, 지식의 순위 없는 당신 셋을.

---

1) 삼위일체는 나눌 수 없는 사랑의 근본이자 신앙의 부드러운 영양
   소이다.
2) 뱀은 지혜의 상징으로, 삼위일체에서 파악하기 어려운 사상과 함축
   성의 이질적 특성을 비유하고 있다.
3) 세 가지로 구별되지만 또 하나로서 구별이 없는 삼위일체.
4) 성부('권능'), 성자('사랑'), 성신('지식')의 특성들.
5) 여러 가지 요소로 구성되어 있으나 한 가지 본성과 목적을 가진
   것(Smith 638).

V 성모

그토록 아름답고 축복받으신 동정녀 성모여,

당신의 육신이 우리를 구원하였습니다; 저 여 천사께서,

천국의 문을 여시고, 그리고 무죄1)

하나만을 요구하셨고, 또한 죄를 물리쳤습니다,

그분의 자궁은 이상한 천국이 되었습니다, 거기서

주께서 스스로 옷을 입으시고, 자라셨으므로,

우리는 열렬한 감사의 말을 쏟아냅니다. 성모의 공적이

우리의 도움이 된 것처럼, 성모의 기도 또한 그러합니

다; 성모께서는

헛되이 간청하심이 없습니다, 주께 응분의 권리를 가

지셨습니다.2)

---

1) 성모 스스로는 아무런 죄를 범한 일이 없다, 원죄로부터 자유로운
   지 아닌지를 떠나서(Smith 639).
2) '성모' 또는 '동정녀 마리아' 등의 명칭은 주를 잉태함에서 얻은 것
   이니, 주께 대한 마땅한 권리들이다.

VI 천사들

이승의 삶은 우리의 미성년기이므로,

우리는 당신의 천사들 보호 아래 있으며,

천사들이 태어난 천국의 아름다운 궁전에서,

우리는 다만 주에 의해 거기에 거할 허가를 받을 것입
니다,

마치 대지가 태양에 의해 수태되고,[1]

온갖 아름다운 것을 낳아도,

그 빛이 어떤 경로를 달리는지 결코 알지 못하듯,[2]

저로 하여금 명상케 하여, 저의 행동들이

천사들 보기에 합당케 하소서, 저들이 어떻게 보는지
볼 수 없다 하여도[3]

---

[1] 태양은 대지를 잉태해서 열매 맺게 한다고 생각되었다(Smith 639).
[2] 태양빛이 결국에 실제로 어떤 작용을 하는지.
[3] 천사들이 우리 행동을 어떻게 이해하는가를 알 수 없지만(Smith 639).

VII 족장들[1]

당신의 족장들로 하여금 갈망케 하소서

(당신 교회의 그 위대한 시조들은,

우리가 불 속에서 본 것보다 구름 속에서 더 많은 것을 보았고,[2]

자연이 그들을 교화시킨 것이, 은총과 율법이 우리에게 한 것보다 많으며,

또한 지금 천국에서 아직도 기도하고 있어서, 우리가 새로운 도움을 올바르게 사용할 수 있습니다,)

만족하게 하시어, 또한 제게서 열매를 맺으소서;

제 마음이 더 많은 빛으로 더 눈멀게 마옵시고

신앙에 이성을 더하여, 신앙의 시력을 잃지 말게 하소서.[3]

---

1) 아브라함, 이삭, 야곱과 같은 유대 민족 구약의 시조들.
2) 시조들은 우리가 신약에서 빛을 보는 것보다 구약의 어둠 속에서 더 잘 보았다. 하느님은 이스라엘 백성을 애급에서 낮에는 구름기둥으로, 밤에는 불기둥으로 인도해내셨다; 그리고 두 기둥들은 전통적으로 '구약'과 '신약'으로 해석된다(Smith 639).
3) 우리는 그리스도의 출현으로 신앙보다는 이성의 근본을 가지게 되었다(Smith 640).

VII 선지자들

독수리의 시력을 지닌 당신의 선지자들도,
당신 교회의 풍금들이었고, 그리고 소리내었습니다
그 조화를, 둘로 만들어진 것을[1]
하나의 율법으로, 그러나 혼란 없이, 통합하였습니다;
이들 천국의 시인들은 내다보았습니다
당신의 뜻을, 그리고 그 뜻을 표현했습니다
운율에 담아, 저를 위한 일상의 기도 속에,
제가 그들에 의해 저의 과도함을 면해 주지 않도록
은밀함이나 시심詩心을 추구할 적에.

---

1) 선지자들은 그리스도의 강림을 예언하였다. 그래서 신성(神性)과 인
   성(人性)의 다른 성질의 두 성서들을 하나의 법률로 만들었다
   (Smith 640).

IX 사도들

당신의 빛나는 12궁도의1)

12사도들이 만물을 감싸고,2)

(그들로부터 누구든 그들의 빛을 취하지 않는 이는 어

두운 심연으로 던져져서 추락할지니,)

그들의 기도를 통해서, 당신께서 제게 알게 하시듯

그들의 책들이 신성함을;

그들이 여전히 기도드리고, 응답받기를, 제가 갈 수 있도록

그 오래된 큰 길을 적응하여;3) 오 저를 겸허하게

하소서, 저의 해설이 당신의 말씀을 저의 것으로 만들

때에는.4)

---

1) 태양의 궤도인 황도를 중심으로 한 상상적인 황도대로 이를 12등분
   하고 거기에 별자리를 배치하여 황도 12궁(signs of the Zodiac)이
   라 불렀다.
2) 그리스도의 12제자들은 12궁도가 우주를 감싸듯이, 전세계를 여행
   지로 삼았다(Smith 640).
3) 성경을 해석하는 데 있어서 전통적으로 곧고 바른길.
4) 하느님의 말씀을 해설하기보다 자신의 재주를 보이려고 추구할 때
   (Smith 640).

X 순교자들

당신께서 그토록 열렬히 죽기를

갈망하셨으니,1) 당신이 그리하실 수 있기 오래전에,

그리고 오래도록 당신께서 더 이상 죽을 수 없게 된

이래로,

당신은 당신의 흩어져 있는 신비로운 육신2)으로

아벨3) 속에서 죽었고, 또한 그 이래로 내내

당신 안에서, 그들의4) 피가 흘러와서

우리를 위해 간구하게 하소서, 분별력 있는 인내가

죽음 또는 보다 더 힘든 삶을 견디도록;5) 오, 어떤 이

에게는

순교자가 되지 않는 것이, 순교이기 때문입니다.

---

1) 그리스도가 십자가에서 죽으심을 암시.
2) 교회는 그리스도의 신비스런 육신으로 간주된다.
3) 양치기로서 최초의 순교자(창세기 4장 2~8절), 형 카인에게 살해당함.
4) 당신의 추종자들, 즉 기독교 순교자들.
5) 죽음보다 더 힘든 삶을 견디는 인내력; 때로는 순교자가 되어 죽는 것보다 더 견디기 힘든 순교일 수가 있다.

XI 고해자들[1]

그러므로 당신과 함께 그곳에서 승리할 것이오

순백의 고해자들의 순결한 무리는,[2]

그들의 피는 약혼하였고, 결혼하지 않았습니다;

이들 강탈자들에 의해 빼앗긴 것이 아니라, 제공되었

습니다;

그들은 알고, 기도합니다, 우리가 알도록,

모든 기독교인 속에

매시간 광포한 박해가 자라고,

유혹이 우리를 산 채로 순교시킴을; 인간은

---

1) 박해와 고문에 굴하지 않고 자신들의 신앙을 맹세하고 지키는 자
   들로서, 순교의 고통은 당하지 않는 독실한 신자들. 던의 기상
   (conceit)으로는 그들은 결혼한 것이 아니라 약혼한 것이다(Smith
   641).

2) "……이 사람들은 여자로 더불어 더럽히지 아니하고 정절이 있는
   자라. 어린 양이 어디로 인도하든지 따라가는 자며 사람 가운데서
   구속을 받아 처음 익은 열매로 하느님과 어린 양에게 속한 자들이
   니"(요한계시록 14장 4절). 흰 어린 양(그리스도)을 따르는 독실한
   고해의 신자들(white confessors), 정절을 지킨 신자들 무리(virgin
   squadron).

스스로에게 디오클레시안 같은 박해자입니다.3)

---

3) 로마의 기독교 박해자 디오클레시안 황제는 A.D. 303년에 기독교
   도들에게 직접 박해를 가했고, 그가 퇴위하는 A.D. 305년까지 박
   해를 계속했다.

XII 수녀들

눈처럼 차고 흰 수녀원은,

당신의 어머니1)처럼, 그들의 높은 수녀원장이

그들의 육신을 당신께로 다시 돌려보냈습니다.

당신께서 그들을 깨끗하고 순결하게 빌려준 대로,

비록 그들이 당신을 얻지는 못했지만,2)

수녀원이나 혹은 당신의 교회, 혹은 제가,

그들처럼, 우리들 처음의 순수함을 유지해야 합니다;

당신이 우리에게서 죄를 이혼시키소서, 아니면 죄가

죽도록 명하소서,

그리고 정절을 지켜 과부됨을3) 동정이라 부르소서.

---

1) 그리스도를 바치신 성모 마리아처럼.

2) 그리스도로부터 교회를 지키고 또한 시인을 독신으로 지킬 은총을
받지는 못했지만(왜냐하면 교회는 분리되고 더럽혀졌고, 시인은 죄
인으로 결혼하였기 때문에)(Smith 641).

3) (a) 그리스도께서 죄로부터 분리시킨 상태(Smith 641).

   (b) 그리스도(혹은 하느님)께 몸과 마음을 바쳐 혼인한 상태이나, 그
   리스도께서 십자가에서 죽으시고, 부활 승천하셨으므로, 이 세상
   에서 잠정적으로 정절을 지켜 홀로 된(과부상태) 몸으로 한 번도
   죄와 결부된 적이 없는 고로 '동정(혹은 '순결)이라 부를 수 있다.

XIII 박사들[1]

당신의 신성한 학문은 박사들 위에

있으며, 그들 수고로 쬠쇠를 풀고, 가르쳤습니다.

우리에게 생명의 두 책들을[2]

(왜냐하면 당신의 성서 알기를 사랑함은 우리에게 이르나니, 우리가 쓰여 있음을 당신의 다른 책[3] 속에) 그곳의 우리를 위해 기도해 주소서

그들이 잘못한 것이나

잘못 말한 것에, 우리가 집착하지 않도록;

그들의 열성은 우리의 죄가 될 수 있습니다. 주여 우리로 하여금 중도를[4]

달리게 하시고, 그들을 태양이 아니라 별들이라 부르게 하소서.

---

1) 위대한 기독교 신학자들.
2) 구약과 신약 성서.
3) 구원받은 자들(선택된 자들)의 명부.
4) 과도한 방식이 아니라 겸허한 중용의 길.

XIV

그리고 이 만민의 성가대가,

저 승리의 교회를,1) 이곳 전쟁 중의 교회를,2)

모두가 공유하는 하나의 사랑의 불로 따뜻하게 하는 동안

아무도 길을 잃지 않도록, 이는 당신께 값비싼 대가를

치르게 함이니,

끊임없이 기도하고, 그러면 당신께서도 들으시리니,

(은혜를 받으려는 우리의 임무는 삼중으로, 기도하고,

인내하고, 행함이므로)

이 기도를3) 들어주소서 주여: 오 주여 우리를 구원하

소서

이런 기도들을 믿는 것으로부터,4) 이렇게 토해내고 있

다 하여도

---

1) 천상의 교회.
2) 지상의 교회.
3) 만민의 보편적인 기도에 첨가하는 이 특별한 기도.
4) 교회의 보편적 기도에 의존함으로써 고통과 실천에 대한 우리의
   맹세를 등한시하지 않도록(Smith 642).

XXVIII

하느님의 아들이시여 들어주소서, 당신께서

우리의 피를 취하심으로써, 우리에게 다시 빚지셨습니

다,1)

당신 자신께 이득이 되도록 우리를 허락하소서;2)

그리하여 우리와 당신 자신 둘 다 멸하지 않게 하소서;

오 하느님의 양이여, 우리의 죄를 짊어지셨는데

죄는 당신께 접착할 수 없는 것,

오 그것이 우리에게 다시 돌아오지 않게 하소서,

그러나 환자와 의사는 자유로우니,3)

---

1) 하느님의 아들로서 인성을 취하심으로써 인간에게 빚을 지는 격이
   되셨다. 또는 우리의 피를 대신 흘리심으로써, 당신께서 이제 우리
   에게 그 피를 되돌려 주셔야 한다(Smith 646).
2) 그리스도께서 우리를 위하여 죽임을 당하셨으니, 그가 죽음을 얻은
   것은 우리의 영원한 삶이다; 만약 우리가 멸한다면 우리의 상실은
   역시 그의 상실이기도 한 것이다(Smith 646).
3) 환자인 우리는 의사인 그리스도와 같이 죄가 없다(Smith 646).

죄가 아무것도 아닌 것처럼,4) 죄가 아무 데도 없게 하
소서.5)

---

4) 스콜라 신학에서 죄란 실재하는 천성이 아니라 선이 왜곡된 것이
거나 단순히 선의 부재일뿐이다(Smith 646).
5) 죄는 그 자체의 권리로 존속하는 것이 아니기에, 우리가 더 이상
죄를 짓지 않을 때, 죄는 아무런 존재도 가질 수 없다(Smith 646).

병상에서 하느님, 나의 하느님께 바치는 성가

제가 그 성스러운 곳1)으로 가고 있기에,

그곳에서, 당신의 성자들의 합창대와 영원히,

저는 당신의 음악을 만들 것입니다; 제가 도착할 때

저는 이곳 문 앞에서 악기2)를 연주합니다.

그리고 그때 제가 해야 할 것을, 여기서 미리 생각합

니다.

제 의사들은 그들의 사랑으로 천체학자들이3)

되고, 그리고 저는 그들의 지도4)가 되어, 이 침대 위에

반듯이 누워서, 그들에 의해 보여질 것입니다

이것이 저의 남서쪽 발견항로임을5)

---

1) 천당.
2) 이 시를 쓰는 데 음을 맞추는 시적 능력(Smith 664).
3) 생명이 떠난 시인의 육체를 의사들이 정성스럽게 관리함으로써, 마치 천체나 지구의 모양을 만드는 천체 지리학자들처럼 시인의 육체를 한 장의 지도로 비유해서 창조를 통하여 죽음에서 부활로 이르는 길을 암시하고 있다.
4) 시인은 문예부흥기의 지리학적 지식을 이용하면서 인간을 소우주로 생각할 때 전세계의 지도가 된다는 비유법을 사용하고 있다.
5) 남쪽은 열대지역이나 자신의 열병을 의미하고, 서쪽은 해가 지는 지역을 의미하며, 시인은 열병으로 인한 그의 죽음이 새로운 세계로 가는 항로의 발견으로 보고 있다(Smith 665).

열병해협을 통하여, 죽음에 이르는 해협6)을 지나는,

저는 기뻐합니다, 이들 해협에서, 저의 서쪽7)을 보게
됨을;

왜냐하면, 그들 조류가 아무 데로도 되돌아가지 않지만,

저의 서쪽이 저를 해칠 것이 무엇이겠습니까? 서쪽과
동쪽이

모든 평면 지도에서 (또한 저도 하나이고) 하나이듯이,8)

그렇게 죽음도 부활과 맞닿아 있습니다.

태평양이 저의 집인가요? 아니면

동방의 부자 나라들인가요? 예루살렘인가요?9)

---

6) 해협은 좁은 수로를 뜻하므로, "좁은 문으로 들어가라……생명으로
인도하는 문은 좁고 그 길이 협착하여 찾는 이가 적음이니라"(마
태복음 7장 13~14절)는 성경구절처럼, 고통과 난관을 의미한다.

7) 죽음, 또는 궁극의 목적지.

8) 우리의 서쪽은 죽음이고 우리의 동쪽은 그리스도이다; 그러므로 죽
음은 단지 부활의 전주이며, 따라서 우리의 종말은 우리의 시작이
다. 평면 지도를 지구본에 붙여 놓으면 서쪽과 동쪽은 똑같은 하
나이다(동쪽에서 가장 먼 서쪽은 곧 동쪽이 된다).

9) 천상의 평화와 환희를 표상하는 지리적 은유; 어떤 중세인들은 지

베링해협, 마젤란해협, 지브랄타해협,

모든 해협들, 오직 해협들만이, 그들에게 이르는 길입니다.10)

야벳이 살았던, 혹은 햄이나, 셈이 살았던 곳이든지 간에.11)

우리는 생각합니다 낙원과 갈보리 언덕과,

그리스도의 십자가, 그리고 아담의 나무가 한 곳에 있었다고;12)

보소서 주여, 그러면 두 아담들이13) 제 속에서 만났음

상낙원이 남태평양지역이라 생각했고, 더러는 극동지역이라 생각했다. 던의 동시대인들은 예루살렘이라고 생각했다. '집'('home')이란 최종의 목적지를 뜻한다.

10) 'Anyan'은 지금의 베링해협을 가리키고, 당시에는 해협을 통과하지 않고는 태평양이나 동방 또는 예루살렘에 도달할 수 없다고 생각했다.

11) 노아의 세 아들; 대홍수 이후에 세계는 이 세 아들들에 의해 분리되었고 야벳은 유럽, 햄은 아프리카, 셈은 아시아로 갈라졌다.

12) 에덴동산에 있었던 선악을 구별하는 지식의 나무는 예수가 십자가에 못 박힌 곳, 갈보리 언덕 골고다에 서 있었다고 생각되었다.

13) 최초의 아담은 우리에게 죄와 죽음을 가져왔고, 최후의 아담은 그리스도로 속죄와 부활을 가져왔다.

을 아시리이다;

　최초의 아담의 땀이 제 얼굴을 덮을 때,

　최후의 아담의 피가 제 영혼을 감싸게 하소서.

　그리하여, 그 자주색14) 성의를 두르고 저를 받아 주소
서 주여,

　그분의 가시 면류관으로 인해, 그분의 또 다른 왕관
을15) 제게 주소서;

　그리고 다른 이들의 영혼에게 제가 당신의 말씀을 설
교했듯이,

　이 말씀이16) 저의 교본이고, 제 영혼에게 제 설교가
되게 하소서,

　그러므로 그분이 일으킬 수 있도록 주께서 내던지시나
이다.17)

---

14) (a) 그리스도의 구원의 피.
　(b) 십자가에 못 박히기 전에 그리스도에게 입힌 홍포(요한복음,
　　　19장 2절).
15) 생명의 면류관(요한계시록 2장 10절).
16) 다음에 오는 마지막 시구절을 말함.
17) 우리를 다시 살리기 위하여, 주께서 우리를 죽도록 하신다.

하느님 아버지께 바치는 성가

당신은 그 죄를 용서하시겠습니까, 제가 처음 시작한 것,[1]

그것은 저의 죄입니다, 비록 이전에 저질러졌지만?

당신은 그 죄를 용서하시겠습니까, 그 속을 제가 달리고,

그리고 항상 달립니다, 항상 뉘우치지만?

당신께서 용서하시면, 당신께서 용서 안 하신 것입니다,[2]

제가 더 갖고 있는 까닭입니다.

당신은 그 죄를 용서하시겠습니까 제가 다른 이들을 설득하며

죄짓게 한 죄를? 그리고 제 죄를 그들의 문으로 만들었으니?

당신은 그 죄를 용서하시겠습니까 제가 피하기를 일,

이 년: 그러나 이십 년 동안 탐닉했던 죄를?

---

1) 원죄의 근원은 비록 지나간 일이라고 하지만 시인이 그 죄와 함께 태어났음을 의미한다.

2) (a) 아직 용서를 다하신 것이 아니다('Thou hast not done.').

  (b) 던(Donne)의 이름과 동음이의어로 사용해서 아직 주께서 시인을 소유하지 못했다는 의미; 결국에 가서는 마침내 시인을 소유했다('thou hast done')고 끝맺는다(Smith 667).

213

당신께서 용서하시면, 당신께서는 용서 안 하신 것입
니다,
　제가 더 갖고 있는 까닭입니다.

　저는 공포의 죄마저 지닙니다. 제가 저의 최후의 실을3)
　뽑았을 때, 저는 땅 위에서 멸망할 것입니다;4)
　당신 자신에 걸어 맹세하소서, 제가 죽으면 당신의 아
들은5)
　지금 비추듯이 비출 것이고, 앞으로도 비추리라는 것을;
　그리고, 그렇게 맹세함으로써, 당신은 행하신 것입니
다,6)
　저는 더 이상 두렵지 않습니다.

---

3) 생명의 마지막 실을 짜는 것을 마쳤을 때.
4) 지상에서의 삶이 끝난다(죽음).
5) 당신의 태양(thy sun)은 곧 하느님의 아들(thy son); 그 사랑의 빛
　은 시인을 죄의 어둠에서 밝음으로 인도한다.
6) '당신은 던(Donne)을 소유하신 것입니다'(용서하신 것입니다).

존 던의 연보

1572 부유한 철물상인 아버지 John Donne과 어머니 Elizabeth Heywood 사이에서 6명의 자녀 중 셋째로 태어남.

1576 부친 사망 6개월 후 어머니는 의사 John Syminges와 재혼

1577(?)누나 Elizabeth 사망

1581 두 여동생들 Mary와 Katherine 사망

1583 외삼촌 Jasper Heywood는 1581년부터 영국 예수회 수장으로 복직 중 체포되어 투옥됨.

1584 Jasper Heywood는 사형선고를 받고 형 집행 대기 감옥에 보내 짐. 던과 동생 Henry는 Oxford 대학 Hart Hall에 입학.

1585 Jasper Heywood는 석방되어 프랑스로 추방됨.

1588 계부 John Syminges 사망.

1588-9 Cambridge에서 수학한 것으로 추정됨.

1589-91 이탈리아와 스페인 등지로 여행.

1590(?) 어머니 Richard Rainsford와 세 번째 결혼.

1591 Thavies Inn에서 법률 공부.

1592 Lincoln's Inn으로 이동하여 법률 공부. '연가'(Songs and Sonnets)와 '풍자'(Satires), '애가'(Elegies) 등이 쓰여진 시기로 추정됨.

1593 21세가 되어 부친의 유산상속.

동생 Henry는 가톨릭 신부 William Harrington을 숨겨준 죄로 체포되어 Newgate감옥에 수감 중 열병으로 사망.

1594 Harrington 신부 처형됨.

1596 Cadiz탐험에 자원하여 Essex 백작 휘하에 참가.

1597 Azores(Islands Expedition)원정에 참가, 스페인 보물함대를 차단하는 데는 실패. Sir Thomas Egerton의 비서직으로 일함, 후에 Egerton 부인의 조카 Ann More와 알게 되는 인연이 됨.

1599 Islands 탐험에 동료였던 Egerton의 아들 장례식에서 칼을 받듦.

1600 Egerton 부인 사망, Egerton은 Derby 백작부인 Alice와 재혼.

1601 던은 Egerton의 휘하에 있는 Brackley 하원의원으로 진출.

12월 Ann More와 비밀결혼.

1602 비밀결혼이 신부의 부친 George More에게 알려져 2월에 잠시 수감됨. Egerton 비서직에서 해고, 소

송에선 승소하여 Ann과 결혼은 인정됨.

1603 딸 Constance 출생. Elizabeth 1세 사망. James 1
세 즉위.

재정적 궁핍으로 부인 Ann의 사촌 집 Pyrford에
거주.

1604 아들 John 출생. James 1세의 후견인 Thomas
Morton을 도와 영국 국교 기피자를 영국 국교회로
개종시키는 일을 함.

1605 Walter Chute경과 동행하여 파리, 베니스 등지로 대
륙 여행.

아들 George 출생(던이 해외여행 중에 출산했을
것으로 추정됨).

1606 부인 Ann과 세 자녀와 함께 Mitcham의 작은 이층
집으로 이사하여 가난한 생활을 함.

1607 아들 Frances 출생.

1608 딸 Lucy 출생 세례식에 Bedford 백작부인이 대모
를 섬.

Ireland에서 비서직을 구하려다 실패. 겨울에 신경
염으로 자리에 누워 '연도'(連禱, A Litany)를 작
성.

1609 딸 Bridget 출생.

1610 1월에 영국 국교 기피자를 거짓 순교자라고 비판하

는 *Pseudo-Martyr*를 출판하여 James 1세에게 헌납, 국교 서약정책을 옹호하게 됨. 4월에 Oxford대학에서 명예 M.A. 학위를 받음.

1611 딸 Mary 출생. 일찍 죽은 Robert Drury경의 딸 Elizabeth를 추모하는 *The First Anniversary*를 장례 엘레지를 포함시켜 출간. Drury경 부부와 함께 가족을 떠나 대륙여행.

1612 *The First and Second Anniversary* 출판.
Ann 사산아 출산. Drury경의 도움으로 Ann과 7명의 자녀와 함께 Drury Lane집으로 이사.

1613 Elizabeth공주의 결혼을 위한 축시 *Epithalamion*을 작성.
아들 Nicholas 출생 곧 사망. 던은 눈병을 얻어 시력을 잃어감.

1614 후견인 Sommerset를 위한 축시 *Epithalamion* 작성. 던 가족에 우환이 잇달아 딸 Mary와 아들 Frances 사망. Taunton의 하원의원으로 일함.

1615 St. Paul 사원의 보제로 임명되고 왕실신부로 지명됨.
왕명으로 Cambridge대학에서 명예 신학박사학위 취득.
딸 Margaret 출생.

1616 딸 Elizabeth 출생. Lincoln's Inn의 신학 강사로 임명됨.

1617 부인 Ann이 사산아를 낳고(8월 10일), 8월 15일에 사망.

1619 5월에 대사로 가는 Doncaster 백작과 함께 독일로 여행.

이어서 비엔나, 헤이그 등지로 설교여행.

1620 London으로 귀향.

1621 St. Paul 사원의 사제장으로 임명됨.

1622 Virginia Company 명예위원으로 위촉되어 설교함.

1623 Lincoln's Inn에서 설교. 설교집 출판.

장녀 Constance와 배우 Edward Alleyn 결혼.

던은 중병으로 건강이 악화됨.

1624 설교집 *Devotions upon Emergent Occasions* 출판.

St. Dunstan의 교구사제로 임명됨.

1625 James 1세 사망. 던은 궁정에서 Charles 1세를 위해 설교하고 *The First Sermon Preached to King Charles* 출판.

London에 퍼진 흑사병을 피해 Chelsea에 있는 John Danvers 농장으로 거처를 옮겨 가 있는 동안 Magdalen Danvers의 아들 George Herbert를 만남.

1626 2월 2일 Charles 1세 대관식. 던은 궁중에서 설교하
고 *A Sermon Preached to the King's Majesty* 출
판.

1627 딸 Lucy 사망. 친구 Henry Goodyer경 사망. 후견
인 Bedford백작부인 사망. 친구이자 후원자였던
Danvers 부인(Magdalen Herbert 부인) 사망.

1630 미망인이 된 딸 Constance는 Samuel Harvey와 재
혼.

던은 중병을 앓으며 유언을 준비함.

1631 1월. 던의 모친이 86세로 사망. 던은 2월 25일 왕
실에서 마지막 설교를 함.

사후에 *Death's Duel*로 출판됨. 3월 31일 London
에서 사망.

4월 3일 St. Paul 사원에 안장됨.

[참고문헌]

김선향, 「존 던의 연가: 그 사랑의 해법」. 서울: 한신
　　문화사, 1998.

　　「존 던의 거룩한 시편」. 청동거울, 2001.

　　「존 던의 애가」. 경남대학교 출판부, 2005.

Smith, A. J. ed. *John Donne: The Complete English
　　Poems*. New York: Penguin, 1982.

김선향

이화여고 졸업. 이화여대 영문학과 졸업.
미국 Fairleigh Dickinson University 대학원 영문학과 졸업.
이화여대 출강. 경희대학교 교수.
경남대학교 영문학과 교수.
현   북한대학원대학교 이사장.
       대한적십자사 부총재
저서 『깨진달』(1980), 『17세기 형이상학파 5인 시선집』(1996),
       『John Donne의 연가』(1998), 『존 던의 거룩한 시편』(2001),
       『존 던의 애가』(2005), 『운문일기』(2012) 외 다수

서정시학 세계 시인선 008
존 던의 戀·哀·聖歌 Selected Poems of John Donne
         연 애 성가

2016년 5월 20일 초판 1쇄 발행

지 은 이 · 존 던
편   역 · 김선향
펴 낸 이 · 최단아
펴 낸 곳 · 서정시학
편집교정 · 최진자
인 쇄 소 · 서정인쇄
주소 · 서울시 성북구 성북로 4길 52 106동 1505호
전화 · 02-928-7016
팩스 · 02-922-7017
이 메 일 · poemq@dreamwiz.com
출판등록 · 209-91-66271

ISBN 979-11-86667-24-8   03840

계좌번호: 070101-04-072847(국민은행, 예금주: 최단아)

값 12,000원

* 잘못된 책은 바꾸어 드립니다.

   이 도서의 국립중앙도서관 출판예정도서목록(CIP)은 서지정보유
통지원시스템 홈페이지(http://seoji.nl.go.kr)와 국가자료공동목록시스
템(http://www.nl.go.kr/kolisnet)에서 이용하실 수 있습니다.(CIP제어
번호: CIP2016011226)